IN MAGNA SILA

RACCONTI CALABRESI

NICOLA MISASI

Quella notte il bambino non voleva addormentarsi. La madre l'aveva cullato per un pezzo fra le braccia cantandogli con monotona cadenza la ninna nanna di Gesù Bambino, seduta con la spalle al focolare, perchè gli occhi del figliuoletto non fossero feriti dalla rossa fiammella dei tizzi accesi e dal tremolio della lucerna appesa alla sporgenza della cappa.

Poi, quando il bambino smise di poppare e parve addormentato, ella ricompose lo sparato del corpetto, si alzò pianino, e sempre canticchiando sottovoce la ninna ninna e battendo con le dita su le spalle del bambino, si avviò verso la stanzuccia attigua a quella del focolare. Ivi era un letto di cui ella destramente, senza deporre il bambino, riversò le coltri, vi adagiò il figliuolo, lo coprì e canticchiando sempre, stette sospesa su lui: poscia giudicandolo addormentato dal respiro dolce ed eguale, tornò nell'altra stanza, sedè sulla scranna presso al focolare e trasse dalla tasca una coroncina:

— È tardi — pensava. — Pietro non verrà per questa sera. Salvochè non gli sia capitato qualche guaio... Se la Madonna del Carmine me lo farà rivedere, domani dobbiamo venirci... ha da pensare sul serio a suo figlio.

E intanto faceva scorrere tra le dita i paternostri della corona. Poi si diè a biascicare il rosario, con uno strascico di parole latine e un frequente chinar del capo. Però il suo pensiero era altrove; mentre le labbra mormoravano macchinalmente le avemmarie ed i gloriapatri, lo sguardo era fisso sulla porta di strada e le orecchie eran tese agli indistinti rumori della notte. Ogni qual volta il vento scoteva la porta, ella trasaliva interrompendo a mezzo il rosario.

Un grosso gatto, che tutta la sera aveva fatto le fusa raggomitolato sulla cenere calda del focolare, si stirò contorcendosi e sbadigliando: poi aprì gli occhi gialli e smorti, di un balzo fu sul grembo della giovane donna e si diè a fregar la faccia alla faccia di lei.

— Quieto, muscione, quieto, non ho voglia di giuocar con te, stasera.

In quella, fu bussato alla porta di strada: la donna saltò in piedi, corse all'uscio e accostò la bocca al foro della toppa.

— Sei tu, Pietro? — domandò con voce soffocata.

— Apri, Filomena, sono io — rispose una voce sommessa.

— Che sei tu? — domandò Filomena trepidante.

— Maria.

Filomena die' un grido e impallidì mormorando:

— Apri — continuò la voce — son livida dal freddo.

Tremante, smarrita, Filomena aprì la porta.

— Non mi aspettavi, non è vero? — disse Maria entrando.

L'altra non rispose; rimase ritta in piedi presso l'uscio, come irrisoluta.

Maria andò a sedere sullo sgabello del focolare. Alzò sulle ginocchia il lembo anteriore della gonna, stese le gambe al fuoco e si curvò sopra esso fregandosi, per riscaldarsi, le mani. Poi rivoltasi alla Filomena tuttora immobile sull'uscio:

— Chiudi la porta, chè fa un freddo da cani. Sei rimasta lì come una statua.

Filomena schiuse la porta e andò a sedere presso al camino.

Maria era una donna in su i 25 anni, piccola, ma robusta, col seno e le spalle ampie e coi fianchi ossuti e forti. La testa, dal naso un po' camuso e dalle labbra grosse, aveva una leggera tinta olivastra; gli occhi grigi e infossati giravano inquieti nell'orbita. I capelli neri, arruffati, le cadevano, mal trattenuti da una cordicella, sulla fronte e sulle spalle. Era coperta di una veste grigia e lacera; fra gli strappi biancheggiavano i lembi della camicia ed i ghironi a brandelli penzolavano. Di certo quella donna avea dovuto correr molto tra le spine e le felci. Avea le gambe e i piedi nudi, infangati fino alle ginocchia: le braccia muscolose mostravano qua e là fra gli strappi delle maniche strisce di sangue e lividure.

La Filomena invece era alta e flessuosa; avea lo sguardo dolce e un non so che di delicato nella persona, quantunque il seno di giovane madre le si rigonfiasse sotto il corpetto di castoro che si allacciava fra le trine bianche al collo circondato da una collana di corallo. La gonna rossa e stretta al corpo lasciava indovinare le forme bellissime da le curve molli e pastose. Più che bella, era leggiadra, e doveva anche essere mite come lo sguardo carezzevole degli occhi grandi e neri. Quelle due donne, eran sorelle: l'istesso grembo aveva generato il timido agnello e il lupo feroce.

— E non mi dici nulla? — domandò Maria alzando gli occhi e guardando fiso la sorella.

— Ma... io ti credevo in carcere...

— E speravi che ci dovessi morire, non è vero?

— No, ma...

— Ma credevi che non ne uscissi per un pezzo. Invero, due anni son pochi. Ci sarei rimasta chi sa quanto, se non avessero avuto la dabbenaggine di mandarmi fra due carabinieri e legata come un Gesù Cristo, bene inteso, ad Aprigliano, perchè il pretore aveva bisogno di me per un processo. Mi chiusero in una celletta ed il guardiano andò a dormire. Nel carcere c'era una grata di legno, alta dalla via men di un pino di 5 anni; vidi che scrollandola cedeva. Aspettai che fosse notte, ruppi le sbarre di legno e mi calai a basso con un lenzuolo... Ed ora eccomi a chiedere al tuo buon cuore di sorella un po' di ricovero almeno per questa notte.

E diceva ciò con voce lenta e calma, ma negli occhi grigi avea lampi di ironia e di minaccia.

La Filomena ascoltava con gli occhi bassi e il petto ansante.

— Tu con le tue manine da signora non le avresti rotte le sbarre della prigione, eh? Invece io... guarda.

E allungò le braccia con le mani aperte e le dita slargate, che si piegavano forti ed elastiche come artigli di tigre. Poi poggiò i gomiti sulle ginocchia, il mento sulle palme, e disse, guardando in viso la sorella:

— E di Pietro non sai dirmi nulla? Da quando non lo vedi?

— Non lo so — rispose Filomena, balbettando confusa — non lo so.

— Ah, non lo sai! Credevo il contrario. Scusa. Quello lì se la gode la vita sulla montagna. Quando qualcuno, non tu, nè lui, certo, veniva a vedermi in carcere, mi raccontava tante sue prodezze: oggi un ricatto, ieri un incendio, insomma si divertiva come un re. E buon pro gli faccia! Ha dovuto sciupare parecchio danaro con i suoi compari, con le sue drude, in banchetti e scialate! E intanto mi lasciava morir di fame in carcere, di fame e di rabbia! E certo, in carcere non mi avevano chiusa per colpa mia, non mi maltrattavano per delitti miei, ma per indurlo a presentarsi. Sì, giusto: gli importa tanto di me quanto di un pelo della barba! Dalla prima sera che lo sposai mi die' calci e pugni quanto ne volli. Sopportavo tutto quantunque a me il cuore non tremi e ci abbia anche io fiele nel sangue. Lo vedranno. Avrei potuto scannarlo come un porco, ma io l'amava, anzi mi piaceva tanto se lo vedevo con gli occhi iniettati di sangue e coi pugni chiusi scagliarmisi addosso... pareva un lupo, ed io mi faceva battere volentieri, orgogliosa di avere per marito un uomo. Però gli dicevo: Fa di me quel che vuoi ed io sarò umile come una pecora bianca; ma non voler bene a nessuno fuorchè a me, non venire nel mio letto dopo essere stato in quello di un'altra. Se accadesse questo, Pietro, ti giuro per le sette piaghe di nostro Signore, che scannerei la tua druda, fosse pure Santa Filomena vergine e martire... Capisci, eh, Filomena mia?

La Filomena l'ascoltava a testa bassa, giocherellando macchinalmente con la cocca del grembiule.

— Capisci tu? — ripetè Maria cogli occhi fissi nella sorella.

— Ma perchè le dici a me queste cose? — balbettò lei.

Poi si scosse: il bambino si era svegliato e vagiva: gli sguardi di quelle due donne s'incontrarono; quelli di Maria parvero alla sorella penetranti ed acuti come punta d'aghi.

— È il tuo figliuolo?

— È il mio figliuolo, sì, è il mio figliuolo; che vuoi tu, che vuoi? — rispose Filomena, alzandosi e correndo all'uscio dell'altra stanza. Ivi giunta si fermò, ritta, con le gambe larghe e le braccia in croce per sbarrare il passo alla sorella, che si era alzata anche essa, e pareva pronta a slanciarsi. Rimasero così a guardarsi un pezzo: Filomena pallida, ma risoluta; Maria coi denti stretti, gli occhi cupi, e ripiegata come per pigliare lo slancio.

Il fanciullo continuava a vagire: Maria fe' uno sforzo su se stessa e ritornò calma; sedè di nuovo sulla scranna, riattizzò il fuoco e, voltasi alla sorella:

— Cerca di addormentarlo, e poi dammi un po' di pane, chè ho fame.

E stette immobile a mirare le braci, coi gomiti sulle ginocchia e il mento fra le palme.

Nell'altra stanza, con voce dolce, e cadenzata, la Filomena cullava il fanciullo, cantandogli la ninna nanna di Gesù Bambino.

La notte era calma: il paesello dormiva; la viuzza stretta e fangosa ove si apriva la porta, di tanto in tanto risonava del passo di un asino o di un mulo guidato da un contadino che lo eccitava con la voce: un latrato sordo di cane, il canto di un gallo nelle tenebre della campagna; poi silenzio profondo.

La Maria immobile fissava la brace che aveva scintillii rossi e corruscamenti. Il bambino si era riaddormentato; la Filomena in punta di piedi tornò nella stanza del focolare.

— Hai fame? — domandò alla sorella.

— Sì, ho fame; son digiuna da ieri.

Dalla cassapanca, in fondo alla stanza, la Filomena tolse un mezzo pane bianco e una fetta di prosciutto. Da una rastrellieretta staccò un piatto che colmò di fichi secchi, e porse ogni cosa alla sorella.

— Pane bianco, prosciutto e fichi secchi! — esclamò Maria. — Non ti fai mancar nulla tu! Non mangiai pane bianco nemmeno quando Pietro lavorava da falegname ed io faceva la massaia. E pane da signore, questo. E, di' un po', devi guadagnar molto, eh?

— Mangia — rispose Filomena — vuoi un coltello?

— Un coltello a me? O che credi che io non ne abbia uno? Figurati, ne ho tenuto nascosto uno in seno tutto il tempo che sono stata in carcere, e ci è voluto del bello e del buono per non farmelo scoprire dai custodi... Guarda.

Trasse dal corpetto un coltello a due tagli, e, brandendolo:

— È una lama che forerebbe il bronzo. A te.

E diè con mano robusta un colpo sulla parete: il coltello vi si infisse.

— E mangia dunque, — balbettava Filomena, porgendole il piatto. — Vuoi del vino?

— Vino! Hai pure del vino? Non ne ho bevuto da due anni e ne ho quasi dimenticato il sapore. In carcere, non dànno altro che acqua sporca: soldi per comprarne non ne avevo, che quel furfante di Pietro... Basta, faremo i conti!

La Filomena aveva preso dalla tavola una bottiglia di vetro nero; ne versò parte del contenuto in un bicchiere che porse alla sorella, premurosa, carezzevole, con gli occhi umidi di lagrime, e il cuore stretto da un acuto senso di paura.

— To', bevi, — le disse con dolcezza.

— No, — esclamò Maria, voltandole le spalle bruscamente; — no, non ne voglio.

— Tu dunque m'odii, tu dunque vuoi farmi del male? — esclamò la poveretta.

— E perchè dovrei farti del male? — rispose Maria, voltandosi a mezzo e saettando con lo sguardo la sorella ritta dinnanzi a lei. — Perchè dovrei odiarti?

E rimasero così per un pezzo, l'una tremante, l'altra terribile nel suo sguardo fisso e nella immobilità della persona.

Il fanciullo intanto si dimenava pel letto, poi incominciò a piangere.

— Va' a letto, — disse Maria in tono di comando. — Tuo figlio ti cerca. Io resto qui.

— Non mangi?

— Va' a letto.

La Filomena si diresse lentamente verso la camera. Il cuore le batteva forte e presagiva un sinistro. Vagheggiò per poco il pensiero di aprire la porta e di uscir fuori a chiamar soccorso, ma avrebbe dovuto lasciar colà, con quella donna, il suo figlioletto, e sbigottiva a tale idea. E poi forse non avrebbe evitata, ma affrettata la catastrofe che prevedeva terribile. Intanto il bambino piangeva più forte; ella, mentre si spogliava, cercava acquetarlo con la voce, ma mentalmente volgeva una preghiera alla Madre di Gesù perchè la tenesse in sua custodia.

Poi il fanciullo tacque, tacque la voce della madre: solo il gatto, raggomitolato nelle ceneri del focolare, continuava a far le fusa.

Maria allora si alzò. Stringeva con mano convulsa il coltello, la cui lama di acciaio rifletteva la luce rossa delle braci. Stette ad origliare un istante: poi mosse in punta di piedi verso la stanza della sorella; si fermò sull'uscio, sporse il capo e precipitossi dentro.

Si intese un grido, poi un rantolo...

Tornò stringendo al seno il fanciullo, ravvolto nella falda anteriore della gonna rialzata. Si diresse verso la porta e stava per aprirla.

Fu battuto con tre picchi alla porta, una voce sommessa mormorò dalla strada:

— Apri, Filomena, sono io, Pietro.

Maria trasalì:

— È lui, l'infame! entri!

E aprì la porta senza deporre il fanciullo. Un uomo intabarrato era fermo sui gradini dell'uscio: dalle falde del tabarro uscivano le due canne di un fucile.

— Chiudi, chiudi presto, — disse entrando. — Ho paura che mi abbiano seguito. Fa un freddo da lupi. Ti ho fatto aspettar molto, eh? abbi pazienza, Filomena.

— Filomena dorme. Ti ho aspettato io, invece.

Quell'uomo con rapido movimento si sciolse dal mantello, sguainò il pugnale e si avventò sulla donna.

— Chi sei tu, chi sei?

— Taci, taci, potrebbero udirti. Riponi il pugnale, potresti far male a tuo figlio.

— Maria! — gridò lui — Maria!

E retrocesse sbigottito. Poi balbettò come in preda a superstizioso terrore:

— Come tu qui? parla...

Ella non rispose. Stringendo al seno il fanciullo, contemplava muta quell'uomo. Era in su i 35 anni, basso e grosso, con una folta e nera barba che gli copriva a metà il volto di un pallore malaticcio, caratteristico nei grandi delinquenti. Gli occhi infossati e verdognoli giravano inquieti nell'orbita, sotto le aspre sopracciglia: i capelli neri e lisci gli cadevano in due ciuffi sulla fronte. Il chiaror rossiccio della brace si riverberava sul calcio inargentato delle pistole e sui larghi bottoni della giacca e dei calzoni di velluto.

— Come tu qui? parla! — ripetè lui.

— Ah, tu credevi che mi fossi rassegnata a star lì dentro, mentre tu te la godevi sulla montagna! Ho rotto le sbarre della prigione e son venuta qui, perchè mi avevano detto che ti ci avrei trovato.

— E Filomena?

— Filomena, bello mio, dorme. Svegliala, se ti riesce.

Egli si slanciò su lei, ed afferrandola pel braccio:

— Che vuoi tu dire, vipera, che vuoi tu dire?

— Bada, — rispose lei con voce calma e lenta. — Te l'ho detto, potresti far male a tuo figlio.

Egli allora si precipitò nella stanza da letto. Si udì un grido:

— L'ha uccisa, l'ha uccisa. Ah, per la Madonna!

E con la testa bassa, col pugnale stretto fra le dita convulse uscì dalla stanza e si scagliò sulla donna, la quale saltando da parte evitò l'urto. Trasportato dall'impeto, egli cadde lungo disteso sul pavimento.

Ella, che aveva deposto il fanciullo tuttora addormentato, fu lesta a slanciarsi sul caduto, e con forza erculea, afferrandolo con una mano per la gola, sollevando con l'altra in alto il pugnale, gli disse con voce stridente:

— Non ti muovere, Pietro, chè questa volta son risoluta a tutto: uno ed uno, due. Se anche ti fallisco, prima che tu mi uccida darò tale un grido da svegliare tutto il paese; sarai preso come una lepre a covo e fra due giorni ti mozzeranno il capo. Sta' zitto dunque ed ascoltami.

Egli sbuffava di rabbia, ma comprendendo il pericolo, si rassegnò a non muoversi. Del resto, abituato alle scene di sangue e a non stimare che gli audaci, l'audacia della moglie incominciava a dominarlo.

Ella ripigliò:

— Te l'avevo detto, ricordati. Sopporterò tutto, ma non una rivale. Battimi, calpestami e sarò umile non per vigliaccheria, chè io non ho paura nè di te nè del diavolo, ma perchè un uomo deve esser fiero. Io già mi ero accorta che tu le ronzavi intorno, a quella lì; pure dubitavo, tanto mi pareva enorme che l'istesso gallo beccasse due galline nate dallo stesso uovo. Poi tu pigliasti il bosco, ed io, perchè tua moglie, fui vilipesa, perseguitata e poi chiusa in carcere, affinchè tu per non farmi soffrire, ti presentassi. Tu hai fatto bene a non dar gusto ai tuoi nemici; hai fatto bene a non avvilirti come una femminuccia; ma almeno avresti dovuto mandarmi un saluto. Nulla: come se fossi morta. Poi seppi che la gallinella bianca ti era piaciuta, e tu affrontando mille pericoli venivi qui, di notte: seppi che era nato un pulcino, e che tu le mandavi dalla montagna pane bianco, carne di vitello e vino, perchè mettesse sangue e la trovassi sempre fresca e grassa. Seppi poi che le mandavi danaro per comprar vesti di castoro, camicie di lino, collane di corallo... A me non mandavi nulla, manco un soldo per pigliar tanto veleno, manco una bestemmia: nulla: a me, tua moglie, a me che soffrivo per colpa tua!... E allora giurai sulle sette piaghe di Gesù, che l'avrei scannata quella tua druda... mia sorella... e l'ho fatto.

Egli, che a poco a poco si era messo a sedere, l'ascoltava pensoso e sorpreso. Maria, accosciata vicino a lui, non lo perdeva d'occhio, pronta a slanciarglisi addosso appena l'avesse visto muovere.

— Ed ora che vuoi fare? — domandò lui.

— Che voglio fare? Voglio venir con te. Non sono forse tua moglie? Credi tu che non sappia maneggiar carabina e rivoltella? Che non sappia colpir di pugnale come te e meglio di te forse? Credi tu che mi facciano paura i tuoi compagni? Ma io mi sento capace di strapparvi il cuore dal petto a quanti siete... Verrò con te, ma tu non mi toccherai manco un dito.

— Ma... e del bimbo che ne facciamo?

Ella trasalì: la sua voce aspra ebbe quasi una inflessione di dolcezza nel rispondere: qualche cosa le faceva groppo in gola.

— Ci penserò io. Lo affiderò ad una mia amica. Lui non ci ha colpa, lui.

Egli sorse in piedi: era pensoso: lottava col fascino che quella donna audace esercitava su lui, e con la sete di vendetta. I suoi istinti feroci lo spingevano ad avventarsi su quella donna, ma non osava affrontare il pericolo di essere scoperto se la moglie con le grida avesse fatto accorrere gli abitanti del villaggio. Risolse di rimandare il delitto a miglior tempo, a miglior luogo. Sulla montagna era signore, ed ella avrebbe potuto gridare a sua posta; gliene avrebbe date tante di puntate di coltello! Eppure, contemplando la moglie, si sentiva stranamente attratto da quella selvaggia bellezza, e gli istinti di sangue venivano attenuati dai desiderii brutali di uomo sanguigno, pasciuto di carne e di vino. Due anni di castità forzata avean reso quella donna fresca e turgida di voluttà come una vergine; ed egli pensava che esser ne dovevano ben caldi i baci e spasmodiche le prime carezze; si prometteva di goderle; dopo, avrebbe pensato a vendicar quella poveretta che intanto giaceva inanimata sul suo letto, col seno aperto da una larga ferita.

Fu Maria che parlò la prima:

— Parti, — gli disse — è vicina l'alba: ti raggiungerò stasera. Dove hai la posta coi tuoi?

— Al Gariglione. Fischierai tre volte così.

E modulò un fischio.

— Hai capito?

— Sì.

Egli mise ad armacollo il fucile, poi si coprì col tabarro e si diresse verso l'uscio. Ivi giunto ristette, fe' un passo per entrare nella stanza da letto, poi scrollò le spalle. Aprì pianino la porta di strada, fe' capolino, ed assicuratosi che la strada era deserta, uscì.

Maria riprese il fanciullo dalla cassapanca; lo coprì ben bene con la gonna riversata, e vedendo che egli fregava la faccia al seno di lei, lo cullò dolcemente con le braccia, canticchiando sottovoce:

Sorridono le stelle del mattino,

Sorridon gli angioletti al mio bambino:

Dormi, bambino mio, dormi, tesoro,

Nel sonno spunteran le alucce d'oro

Aprì la porta, scese i gradini dell'uscio e fu sulla via...

FRANCESCO IL MENDICO

Sul focolare ardevano due grossi ceppi di abete ed una fascina di rami secchi, la cui rossa fiamma si elevava scoppiettante fino alla cappa, illuminando la stanzuccia. Sul treppiede di ferro bolliva un calderotto con la minestra; Giovanni il massaro seduto sopra uno sgabelletto, facendo scudo di una mano alla faccia, rimestava con un gran cucchiaio nel calderotto, mentre i figliuoli, coi piattelli su le ginocchia, sbocconcellando un pezzo di pane, aspettavano che la cena fosse pronta.

Il maestro di scuola ed io, costretti dal mal tempo a chiedere per quella notte ospitalità a quei contadini, sedevamo in un angolo della cassapanca presso al focolare. L'acre fumo che spandeasi per la stanzuccia ci facea chiuder gli occhi lagrimosi e tossire di tratto in tratto.

Di fuori nevicava: la campagna si stendea bianchiccia e silenziosa nelle tenebre.

— Stasera zio Francesco non vuol la sua parte di minestra — disse Giovanni, mentre si accingeva a togliere dal fuoco il calderotto.

— Con questo tempo non credo che ei vada in giro — rispose Carolina, la più giovane figliuola del massaro.

— Chi è zio Francesco? — dimandai.

— Come? non conoscete zio Francesco? — esclamò il contadino maravigliato.

— Io sì, lo conosco — disse il maestro di scuola. — È quel vecchio mendico che va pitoccando per le campagne e a cui date ricovero un po' per uno, non è vero?

— Zio Francesco non pitocca — rispose il massaro. — Morrebbe di fame, anziché chiedere un tozzo di pane. Io benedico il Signore allorchè manda quel vecchio al mio focolare.

Intanto avea riempito di minestra i piattelli, e per poco non si intese che il batter dei cucchiai ed il succiar dei contadini affamati. Poi la porta di strada si aperse, e sulla soglia comparve un vecchio coperto di un logoro pastrano e di un cappellaccio bucherellato, dalle falde piene di neve.

— Zio Francesco, benvenuto zio Francesco! — gridarono i contadini alzandosi per correre incontro al vecchio mendico.

Appoggiato al bastone, curvo e con passo incerto, il mendico si accostò al focolare: poi, mentre la Carolina gli toglieva il pastrano ed il cappello, si lasciò cadere sulla panca stendendo le scarne e tremanti mani alla fiamma.

Era un vecchio magro, col viso solcato da rughe e da una profonda cicatrice: i capelli bianchi ed arruffati gli cadevan fin sulla fronte: fra le palpebre bianche gli occhi infossati e quasi spenti giravano tardi nell'orbita. Chino sul fuoco, mostrava fra lo sparato della camicia di traliccio e le costole gialle coperte di una peluria bianca, e nel mezzo del petto gli pendea una medaglia d'argento sospesa al collo con una cordicella. Era vestito di una giacchetta e di brache rappezzate che gli scendean fino al ginocchio. Con quel tremore nel capo, proprio dei vecchi, si guardava intorno senza far parola; Giovanni gli porse il piattello di minestra ed egli lo mise sulle ginocchia; e mentre l'una mano era stesa al fuoco, l'altra portava lentamente alla bocca sdentata il cucchiaio. La cena continuò: il vecchio non parea curarsi di noi. Poi il maestro di scuola gli disse, alzando la voce:

— Zio Francesco, non mi riconoscete? Sono il figlio di Titto Goni, l'armaiuolo.

Il mendico alzò gli occhi, poi crollò la testa dicendo:

— Sì.

— Come state, zio Francesco? — continuò il maestro di scuola.

Ma non ne ottenendo risposta, si volse a me:

— Quel vecchio lì, più che novantenne, — mi disse sottovoce, — fu a suo tempo un uomo di gran coraggio. Si narrano di lui certe storie terribili di vendette e di audacie. Nel 1808, giovanissimo, a capo di una banda, lottò contro i francesi, che ne misero a prezzo la testa.

— Davvero? — esclamai.

— Davvero. Chi lo crederebbe ora, vedendo quel vecchio tremante, quasi istupidito, il cui cuore batte appena, il cui sangue scorre algido nelle membra flosce?

Il mendico non badava a noi; rimestava nel piattello per raccogliere i resti della minestra, e stendeva al fuoco le gambe nude e scheletrite.

Era cessato di nevicare; ma il vento di tramontana passava fischiando fra le cime dei castagni e scoteva la porta della casetta.

— Avete buone nuove di vostro figlio? — chiese il maestro di scuola a Giovanni.

— Brutte, caro signore. Io glielo diceva: va' in America piuttosto che a Tunisi; ma, signornò, incaponito, volle andare a Tunisi! Ora mi scrive che un giorno o l'altro dovran fare alle schioppettate.

— Con chi?

— Che domanda! con chi? con quelli eretici di francesi. Eppure, vedete, ci è mio figlio e capite bene... Ma proprio ci avrei un gusto matto a trovarmici in mezzo anche io. Quelli lì, — diceva tata buonanima — son come la vipera: se non si schiaccia loro la testa, ci è sempre pericolo di un morso. Che ne dite, eh, zio Francesco? Il vecchio non rispose, con le mani e le gambe stese al fuoco, con la testa tremante, china sul petto, pareva non sentisse, pareva non vedesse.

— Zio Francesco li conosce bene — disse il maestro di scuola. — Se li avesse dimenticati, quella cicatrice e quella medaglietta glieli ricorderebbero.

Poi, rivolgendosi al vecchio, lo scosse pel lembo della giacchetta, gridando:

— Non è vero che ve li ricordate, i francesi?

Il vecchio alzò il capo: negli occhi spenti guizzò un lampo; guardò fieramente in giro, poi scosse due volte le mani con le dita aperte:

— Venti — disse con voce distinta. Poscia la testa gli ricadde sul petto e stette immobile.

— Che cosa ha voluto dire? — domandai.

— Che ne ha visto cader venti sotto i suoi colpi. Bisogna saper la storia di quel vecchio, per comprendere il suo odio. Del resto, ogni francese per noi di Calabria è un nemico; e se domani dovesse combattere Italia contro Francia, i nostri montanari, pur tanto restii al servizio militare, andrebbero al campo come a nozze. Più di ogni altra, sarebbe per essi una guerra nazionale.

— E voi sapete la storia di quel vecchio?

— Io sì: me la narrò mio padre, che l'intese trenta anni or sono dallo stesso zio Francesco.

— Narratecela, don Girolamo, narratecela! — esclamarono i contadini stringendosi intorno al maestro di scuola. Le donne che, finita la cena, avean preso la conocchia, smisero di filare. Giovanni accrebbe legna al fuoco, la cui vampa scoppiettò più viva; e mentre il vecchio Francesco, come affatto estraneo a quel che si diceva, pareva bearsi al caldo, il maestro di scuola così prese a dire:

Si era nel 1808. Quel vecchio bianco e sparuto era allora un bel giovanotto di venti anni, forte come un giovane pino, coi capelli neri e gli occhi lucenti. Le belle fanciulle, quando in chiesa, nella messa della domenica, vedevano ondeggiare i nastri del cappello a cono di Francesco, dimenticavano il buon Dio degli altari per guardar sottecchi quel robusto e bel giovane, il quale non aveva sguardo che per una sola, per Maria, la più leggiadra ragazza del dintorno. Mia nonna, che la ricordava, dicea che quando in chiesa la domenica, vestita della gonna rossa e del corpetto azzurro, con la rosea testina fra la tovagliuola bianca, coi capelli color di castagna primaticcia che le scendeano in ricci sugli omeri, ella pregava il buon Dio, mai labbra più rosse non si erano aperte per intonar canto più dolce; e le altre contadine zittivano per ascoltare raccolte, poichè al Signore riuscir doveva più accetta quella voce d'argento che pregava per tutti. Quando, per portare al padre, occupato nei lavori di campagna, la merenda od il pranzo, la vedean correre col panierino in testa, fra i cespugli e le felci, la credeano la fata che esce dai giunchetti al mattino, allorchè il sole è biondo e ai bruni castagni s'indorano le cime. La notte, sotto alle finestre della Maria, che viveva sola col padre ed una vecchia parente, gli arpeggi delle chitarre si sposavano alle canzoni d'amore; ma la finestretta non si apriva, e invano le corde e le voci gemevano, il grido di amore si perdeva inascoltato. Ma una sera la finestretta si socchiuse; fra i rami e le foglie di gelsomino che la inghirlandavano, si intravide la giovinetta china sul davanzale, chè a lei era giunta dalla via una voce nota e più dolcemente delle altre modulata. Poi si disse pel paesello che la fanciulla era malata d'amore.

D'allora i giovani che le ronzavano d'attorno si allontanarono, non volendo giuocar di pugnale con Francesco; e volentieri la domenica gli cedevano il posto in chiesa, presso alla pila nell'acqua santa. La notte non osavano passar sotto la finestretta di lei, perchè eran sicuri di trovar Francesco, e di certo ne sarebbe nato qualche guaio: ma quando si seppe che quei due erano fidanzati, il paesello ne fu lieto, perchè mai più leggiadra fanciulla si era sposata a più forte e valente giovane.

Intanto le nostre contrade, invase da' francesi, sedicenti apportatori di civili costumanze e di libertà, eran funestate da stragi e da delitti. Una guerra feroce senza tregua e senza quartiere si combatteva sulle montagne tra i figli di Calabria, abborrenti dal giogo straniero, e i figli di Francia, anelanti conquiste e rapine. In quel paesello perduto fra le boscaglie ne era appena giunta l'eco, quando si seppe che il governatore di Cosenza aveva decretato che tutti i giovani atti alle armi dovessero partir soldati e andar lontano a combattere, in terre ignote, contro ignoti nemici. Il paesello sorse a rumore. Partire, abbandonar la casa, i parenti, gli amici; andare a far alle schioppettate per accrescer glorie e conquiste a chi venuto in casa nostra ci avea tolto il pan di bocca e si era coricato gonfio di vino nei nostri letti; a chi insultava il nostro Dio e amoreggiava le nostre donne, e ci batteva, ci fucilava se per poco tentavisi vendicar le offese e rispondere con l'ingiuria all'ingiuria, col ferro al ferro! No, non sarà mai, dicevano i giovani, e fra questi più audace Francesco; meglio il bosco; là, dietro un pino, con la carabina armata e il pugnale fra i denti, invocando la Vergine del Carmine, là almeno si muore dopo aver visto morire; e gli angeli del Paradiso porteranno a Dio l'anime nostre, perchè abbiam difeso le nostre case e le nostre chiese!...

Ed il fermento cresceva. Un giorno, a tamburo battente entrò nel paesello una compagnia di soldati. A cavallo, con la spada sguainata scintillante al sole, un giovane capitano la precedeva, tra i contadini accorsi che guardavano paurosi e sdegnati. Da quel giorno il paesello risonò di suoni e di canti in lingua ignota. Per la via i soldati ubriachi sghignazzavano rivolgendo alle nostre donne con sconci sorrisi parolacce ignote, ma comprese per l'accento onde si proferivano ed il gesto osceno che le accompagnava. Gli usci eran chiusi, le case silenziose; un non so che di sgomento regnava nel paesello. Francesco, cupo ma risoluto, ronzava intorno alla casa della sua fidanzata, perchè gli avevan detto che il giovane e bel capitano, vedutala alla finestra, se ne era invaghito pazzamente, e passava spesso per quella via con gli occhi in alto, arricciandosi i baffi e facendo risonar gli sproni sul lastrico. La fanciulla, chiusa in casa, non osava metter la testa fuori dell'uscio, e quando il padre era assente sbarrava la porta e non l'apriva per cosa al mondo.

Il capitano aveva preso per servo un contadino, che venne in odio alla gente del paese quando si seppe che favoriva gli intrighi del padrone con le donne di mala vita, perchè, a costo di morir di fame, non si deve accettar pane da un nemico. Intanto il sindaco aveva affisso alla porta della casa comunale le liste dei coscritti, i quali erano indecisi sul da fare. Francesco più degli altri fremea di rabbia, chè non gli dava il cuore di lasciar la fanciulla, e già aveva fatto comprendere che un giorno o l'altre avrebbe preso il bosco. La fidanzata con dolci parole cercava dissuaderlo, però anch'ella aveva come una spina nel cuore presago di maggiore sventura.

Ma, a consolarli in parte del loro affanno, un giorno si seppe che il bel capitano era stato richiamato in Cosenza e fra poco sarebbe partito. Il giovane si sentì come sollevato da un gran peso, tanto più che la fanciulla era rimasta sola in casa con la vecchia zia, poichè il padre era stato costretto a seguir col suo mulo un drappello di soldati partiti per la Sila.

Quella sera, Francesco, nel dividersi dalla fidanzata, le raccomandò di chiuder bene la porta e di non aprirla per cosa al mondo; del resto avrebbe fatto buona guardia. Giunte a casa, mangiò svogliato la parca cena o cercò addormirsi, ma non potea chiudere occhio; ne pensava tante, tutte sinistre, e il letto parea avesse delle spine. Balzò in piedi, si vestì in fretta, si armò di uno di quei coltellacci larghi e lunghi che si portano infilati nella tasca destra delle brache, ed uscì.

Il paesello era silenzioso sotto le tenebre. Il giovane camminava rasente i muri delle case con le orecchie tese e gli occhi fissi nel buio. Di repente trasalì: aveva inteso un grido acuto echeggiar dal fonde della via, cui avea tenuto dietro lo scalpitio di un cavallo lanciato a corsa dirotta...

Il maestro di scuola s'interruppe per guardare il vecchio mendicante, che si era scosso, aveva aperto gli occhi, accesi di insolita luce, e ascoltava con la testa rivolta verso il narratore, con le labbra socchiuse, grattando con mano tremante la fronte, come se a poco a poco, in quel cervello abbuiato dalla vecchiezza, un filo di luce si fosse fatto strada ed avesse evocato gli antichi ricordi. Come chi pur mo' svegliato, ma ancor sonnolente cerca darsi conto di quel che ode e di quel che vede, il vecchio ascoltava col petto ansante e le orecchie tese.

La vampa del focolare tingeva in rosso il viso del mendico e degli astanti, e delineava le grandi ombre nelle pareti affumicate della stanzetta.

Il maestre di scuola proseguì:

— A quel grido, a quello scalpito, il giovine si diè a correre verso la casa della sua fidanzata. Ivi giunto, cacciò un grido: la porta era aperta, la stanza al buio; entra, e si dà a chiamare a gran voce la fanciulla e la vecchia zia. Un gemito gli rispose. Ad un tizzo del focolare accese un ramo di pino che aveva portato con sè, ed alla vampa che rischiarò la stanza vide in un angolo la vecchia legata ed imbavagliata, che facea sforzi per sciogliersi dai legami. Corse a lei e la liberò del bavaglio, chiedendo con vece affannosa:

— Maria? dove è Maria? parla, che è successo?

— Gli infami l'han rapita — rispose ansante e fra i singhiozzi la donna. Han contraffatto la tua voce, noi aprimmo; un di essi, e l'ho conosciuto... Saverio, il servo del capitano, mi legò, mi imbavagliò, mentre l'altro, lui, prendeva in braccio Maria, tramortita dallo spavento.

Il giovine rimase come fulminato: poi di subito uscì fuori di un balzo e si diè a correre precipitosamente. Con la lucidezza che dà talvolta la disperazione, aveva fatto il suo piano: il rapitore si dirigeva di sicuro verso Cosenza; l'unica strada praticabile ai cavalli era la via maestra che saliva la montagna; poscia girava a semicerchio, costeggiando le colline dirimpetto al paesello. Correndo in linea dritta in modo da segare la corda dell'arco, forse gli era facile di raggiungere al ponte di Albicello il rapitore e la rapita. E allora, senza riflettere, spinto, sferzato dalla sua sete di vendetta, si diè a correre per la campagna, al buio, inciampando nelle pietre, sdrucciolando nei fossati, rotolando pei burroni, ma rialzandosi sempre con novello vigore, seguendo la linea dritta tracciata dal suo pensiero attraverso le tenebre dense. Le vesti si laceravano alle spine, le mani si scorticavano ai cespugli, la fronte ed il petto urtavano negli alberi, ma egli muto, ansante, con gli occhi fissi nel vuoto nero a sè dinnanzi, continuava a correre giù per le balze, a inerpicarsi su per le pendici, a scendere, guadando fiumi, saltando fossati, col cuore che gli balzava in petto, col respiro che gli gorgogliava nella strozza, col sangue che gli percoteva nel cervello. Dopo due ore di quella corsa sfrenata, vide nel mezzo di una collina, che con dolce declivio scendeva nel fiume, biancheggiar nel buio la via maestra. In quel mentre udì distinto lo scalpito del cavallo che scendeva la collina, ed egli, con un ruggito di gioia, riacquistando vigor novello, prese più veloce a correre per giungere al ponte, di cui già intravedeva gli archi. Lo scalpito si faceva più vicino; nel mezzo della via, vedea fra le tenebre diradate dalla luce delle stelle, muover veloce un punto nero; udiva il nitrito del cavallo, la voce del cavaliere che vieppiù lo incitava; e allora, con uno sforzo disperato, superando l'erta e saltando il muricciuolo che fiancheggiava la via, gridò con voce anelante:

— Ferma, per la Madonna, ferma, assassino!

Il cavallo, che era giunto a venti passi dal giovane, si arrestò di botto.

— Chi è là? — gridò una voce.

— Madonna, ti ringrazio, è lui, e Maria è là, attraverso la sella — mormorò il giovine. Poi, a voce alta:

— Capitano, lasciate quella donna e andate con Dio.

— Ah! tu devi esser Francesco. Sì, me l'avevan detto che eri audace. Largo, giovanotto mio; la ragazza è in buone mani, non dubitare, e quando si riavrà dallo sgomento, sarà ben lieta di trovarsi meco.

— Ah, per Gesù Cristo, — urlò il giovane, e di un balzo fu presso il cavallo che impennossi nitrendo. Si udì la voce gridare:

— E va' all'inferno, dunque!

Un lampo rischiarò il sentiero, una palla fischiò all'orecchio del giovane, che, tratto il lungo coltello, afferratosi ai crini del cavallo, mise il piede sul piede del capitano e gli si strinse addosso.

— Che hai, Francesco? — disse il maestro di scuola, interrompendosi.

Il vecchio mendicante si era raddrizzato in tutta la persona: fra le palpebre bianche gli occhi accesi mandavano lampi: coi pugni chiusi, con la persona dritta e ringagliardita dal ricordo, ansante e con lo sguardo fisso sul narratore, si era fatto più accosto a noi e mormorava:

— Sì, sì, sì...

— S'impegnò una lotta terribile, — continuò il maestro di scuola, rivolgendosi a noi. — La fanciulla, rinvenuta, aveva dato un gemito, e liberatasi con uno sforzo della mano del rapitore, era sdrucciolata dal cavallo e giaceva in mezzo via. Il capitane aveva tratto la spada e si difendeva valorosamente, tentando liberarsi dalla stretta del giovane; e mentre il cavallo spaventato dava in salti nitrendo, essi lottavano muti, feroci, il capitano colpendo di taglio, il contadino colpendo di punta; ma in quella lotta a corpo a corpo il pugnale aveva vantaggio sulla spada. Infine riuscì al francese di trarsi un po' addietro e di calare un fendente che colpì sulla fronte il giovane, il quale, quando senti caldo il sangue scorrere pel viso, ruggendo di rabbia e di dolore, raccogliendo tutte le sue forze in un estremo conato, afferrò alla gola il nemico e lo colpì al petto...

— No, — esclamò il vecchio mendicante, sorgendo in piedi dritto e fiero, come se nelle flosce sue membra avesse inteso rinascere il vigore della giovinezza. Mentre i contadini e il maestro di scuola, interrotto nel bel meglio, lo guardavano spaventato, egli, col braccio teso, con gli occhi scintillanti, mosse verso il narratore e appuntandogli un dito in gola:

— Qui — gridò con voce alta e sonora.

Poi cadde di nuovo a sedere, volse gli occhi intorno e sorrise.

In quella bocca viscida, quel sorriso rischiarato dalla vampa rossa del focolare avea qualcosa di feroce e di sinistro.

— Ah! non fu al petto, fu alla gola che lo feriste? E lo stesso, vecchio mio.

Ciò detto, il maestro riprese:

— Il capitano precipitò, il giovane cadde presso alla fanciulla, mentre il cavallo spaventato si dava a furioso galoppo. La giovanetta giaceva inanimata; egli la prese in braccio, incurante della ferita, incurante del sangue che lo accecava. Poi diè un urlo di gioia, chè fra le braccia aveva inteso sussultare il corpo della fanciulla.

— Maria, Maria, rispondimi, — gridava.

— Sei tu, Francesco, sei tu.... Fu Saverio, il servo di quell'uomo, il traditore.

— L'ucciderò, colui, l'ucciderò! — mormorava il giovane. — L'uno è morto, l'altro...

— Non del tutto ancora, — disse una voce. E un lampo illuminò il sentiero, uno scoppio echeggiò per monti e per valli. Il capitano ferito si era alzato su i ginocchi ed aveva esploso l'una delle due pistole d'arcione ancor carica. Allo scoppio tenne dietro un grido: la fanciulla diè un balzo e cadde fra le braccia del giovane, dicendo con voce morente:

— Son ferita qui, al cuore. Muoio.

Egli, disperato, pazzo d'ira e di dolore, si scagliò sul nemico e si diè a crivellarlo di colpi. Quando non lo intese più gemere, tornò alla giovinetta, che fredda, stecchita giaceva sull'erba. La prese in braccio, la strinse disperato al cuore, chiamandola a nome, mescendo alle dolci parole le bestemmie, ai gemiti i ruggiti. Ella non rispondeva. Al fioco lume delle stelle ei vide che in mezzo al petto della fanciulla, da un buco nero, zampillava il sangue.

— Maledizione! — gridò coi pugni stretti. E si abbandonò singhiozzando sul cadavere della fidanzata.

A questo punto i contadini impietositi e con gli occhi gonfi di pianto si volsero verso il vecchio mendicante. Vivo, terribile, preciso in tutti i particolari, gli si era ridestato il ricordo di quella notte. Non osava interrompere, ma di certo aveva nella strozza un gruppo di singhiozzi e di parole. Ansava stringendo le labbra; nell'angolo degli occhi gli tremolava una lagrima e con mano tremante accarezzava la medaglia d'argento che gli pendea dal petto.

— E poi? e poi? — chiesero i contadini.

— Poi, — continuò il maestro, — alcuni paesani al mattino trovarono i due cadaveri stesi sulla via, e, presso a quello della giovinetta, Francesco in ginocchio, intriso di sangue, muto, inebetito, con gli occhi fisi sul livido volto della giacente. I paesani scossero il giovane e gli dissero di fuggire, se non voleva anche lui ballar nel vuoto appeso alla forca. Il giovane non voleva dividersi dalla sua povera morta, ma un vecchio contadino gli disse:

— E se ti arrestano, chi ucciderà Saverio il traditore?

Queste parole ebbero forza di scuoterlo: baciò in fronte la fanciulla, si alzò in piedi e voltosi ai paesani, col dito teso verso il cadavere del capitano:

— Dite ai compagni di quello lì, che li aspetto sulla montagna.

Poi si diè a salir l'erta della collina, e scomparve in breve fra i castagni.

Il cadavere della giovinetta e quello del capitano furono portati al villaggio. I soldati volevano trarne vendetta sui paesani, i quali fecero sapere che a loro non mancava nè polvere nè palle. Al capitano furono fatti funerali solenni dai soldati, e funerali solenni furono fatti alla fanciulla dai paesani. Ora, mentre in chiesa, tre giorni dopo l'accaduto, si diceva la messa funebre e la folla piangente contemplava il bel corpo della giovinetta vestita di bianco, distesa sulla bara fra quattro ceri, un giovane, riccamente vestito dal costume brigantesco, armato di carabina e di pistola, si fe' largo fra gli astanti, ed accostatosi al cadavere della giovinetta lo baciò in fronte, dicendo:

— Ho voluto vederti un'altra volta; ora dormi in pace, chè sarai vendicata.

E staccata dal collo della fanciulla una medaglia d'argento, se la mise sul petto. Poi si aprì di nuovo il passo tra la folla, che avendo riconosciuto Francesco in quello audace, era rimasta sorpresa e sbigottita, ed uscì calmo e fiero dalla chiesa, senza dar segno di timore e senza guardarsi intorno.

Quel che fece appresso, è un mistero. Se ne dissero tante ed a diecine si enumerarono le sue vittime. Cambiò nome e divenne celebre nei fasti del brigantaggio. Poi non se ne seppe più nuova e fu creduto morto. Or fan trent'anni, si vide per le montagne aggirarsi un mendicante, nel quale qualcuno riconobbe Francesco.

Ed il maestro di scuola finì il suo racconto. Il vecchio era tornato a rincantucciarsi presso al fuoco, al quale stendeva le mani scarne e tremanti. Giovanni il massaro lo tirò pel lembo della giacchetta; il vecchio alzò la testa e lo guardò.

— Quanti, zio Francesco? — gridò Giovanni, facendo l'atto di spianare il fucile.

— Venti, — rispose il vecchio.

Poi ripiegò la bianca testa sul petto e stette immobile.

All'alba, Peppe il carbonaio chiamò 'Ntonuzzo. Nella capanna era ancor buio: sul focolare ardeva qualche tizzo che metteva un lieve barlume nelle tenebre. 'Ntonuzzo, che aveva il suo lettuccio presso il focolare, si alzò; brancolando si diè a cercare un pezzo dì abete resinoso, poi, trovatolo, si chinò sulle braci, soffiando per accenderlo.

Nel buio, la sua faccia, nera dal fumo, si tingeva in rosso, pel riverbero della brace: di un tratto con scoppio sordo divampò la fiamma che illuminò la capanna.

In fondo, sopra un materasso coperto di una coltre intessuta di stracci, giaceva Peppe con la moglie. Appena la stanza fu rischiarata, si alzò a sedere sul letto. La fiaccola di abete, infissa nella catena del focolare, proiettava la sua luce vacillante sul petto villoso del carbonaio e sulla donna, le cui forme si delineavano come scolpite, sotto le coltri, strette pel gran freddo al corpo. 'Ntonuzzo intanto abballinava in un canto il pagliericcio, e si avvolgeva nella manta lacera che gli era servita di coperta.

— Tornerai stasera? — domandò la donna.

— Sì, con le ali! Se venderò il carbone potrò tornare, alla più corta, dimani a merenda. Badate alla carbonaia, chè il fuoco non si spenga. Il carbone di ieri è un po' legnoso, e dovrò venderlo due carlini: meno del solito. Hai inteso, 'Ntoni?

E in ciò dire infilava le brache.

— Io ho inteso; ma di' a tua moglie che anch'essa dovrà vigilare con me alla carbonaia — borbottò 'Ntoni.

— A me basta l'andare attorno tuttodì per la montagna a raccogliere la legna. Lui invece se ne sta tutto il santo giorno a grattarsi la pancia accanto al fuoco. Stanotte chiuderò la porta e vedremo chi entrerà — rispose la donna da sotto le coltri.

Intanto Peppe finiva di vestirsi: poi scoperchiò una cassapanca e ne trasse un mezzo pane e un pezzo di formaggio. 'Ntoni, in un canto, avvolto nella coperta, tremava dal freddo.

— Su, andiamo — disse Peppe.

Aprì la porta della capanna, e il fresco vento del mattino fe' tremolare la vampa fumosa della fiaccola. Fuori, gli alberi della montagna si delineavano in nero nel turchiniccio dell'alba. A venti passi dalla porta si ergeva a piramide, tuttora fumante, la carbonaia.

— Chiudi presto la porta; muoio di freddo! — gridò la donna.

I due uscirono e richiusero la porta. La montagna incominciava a svegliarsi e fra gli abeti giganti si udiva qualche frullo d'ali e qualche sommesso cinguettìo; dalle foglie bagnate di rugiada cadeva con lieve rumore qualche goccia, e il vento del mattino passava stormendo tra le fronde.

Sotto la tettoia era il mulo sdraiato su poca paglia: vicino vicino, l'un sull'altro, quattro sacchi di carbone, e su i sacchi il basto.

Peppe diè un calcio sulla groppa del mulo, che alzò il capo, poi si levò sui quattro piedi.

— Piglia quel basto; stai lì come una bestia!

'Ntoni prese il basto e lo gettò sul dorso del mulo, mentre Peppe gli adattava la cavezza.

— Sai che ti dico? Se il carbone riesce legnoso, dimani sarà l'ultimo giorno tuo.

— Tu te la pigli con me; moglieta intanto, quando tu non ci sei, si chiude dentro, e addio!

— Mogliema è mogliema, e a te do da mangiare per fare il Michelaccio forse?

La luce dell'alba rischiarava quei due, affaccendati attorno al mulo. Peppe era sulla quarantina. grosso e tozzo, con una barbetta rada e nera, col collo nero pel fumo e per la polvere dì carbone. 'Ntoni, in su i venti anni, vestiva una lacera camicia di tela e un paio di brache di traliccio assicurato ai fianchi da una corda. Il resto, quantunque si fosse nella fredda primavera della montagna, era nudo, con una patina nerastra sulla pelle secca delle gambe e del petto. Gli occhi, sul nero del viso, luceano di una bianchezza sinistra; e i capelli folti, arruffati, polverosi, gli coprivano il capo e la metà del collo come una sudicia fascia lanosa.

Sul basto, sollevati a forza di braccio, si legarono, due per lato, i sacchi col carbone; poi Peppe, tirando il mulo per la cavezza, si diresse verso la capanna che si elevava nel mezzo, ove la montagna pianeggiava per poi scender giù ripida e folta di abeti.

— Addio, Giovanna — disse Peppe dall'uscio.

— Buon viaggio — rispose la donna tuttora fra le coltri.

— Dunque ci siamo intesi, 'Ntoni?

— Gnorsì, Peppe.

Il carbonaio mise sulla spalla la cavezza di cui il capo gli penzolava sul petto; poi tratto il pane ed il formaggio si diede ad addentarli, mentre, seguito dal mulo, discendeva il sentieruolo fra gli abeti.

Intanto l'alba era sorta, e il sole tingeva le cime degli alberi, e tra le felci, con riflessi adamantini, lucevano le gocce di rugiada.

'Ntoni, avvolto nella vecchia e lacera coperta, si era seduto sull'erba umida, e, con la testa su i ginocchi, pensava.

Mancava fin dai cinque anni dal villaggio ed era vissuto solo in quella solitudine spaccando legna e bruciandole per farne carbone. Gli avevano detto che oltre a quella montagna, oltre al suo villaggio, oltre alla città dove Peppe andava spesso col mulo, eranvi altre montagne, altri villaggi, altre città; ma a lui, del resto, se davvero ci fossero, che importava? Peppe gli dava da mangiare pane di segala, di lupini, di castagne; qualche volta, patate lesse, sovente castagne bollite: più, a Natale, una camicia, un paio di mutande e una coperta di lana: busse e male parole, sempre. Pure faceva buon viso anche alle busse ed alle male parole, perchè, si sa, il padrone che ha l'obbligo di dar pane, ha pure il diritto di dar calci e pugni. Di quella vita si era tenuto contento per un bel pezzo. Non aveva mamma, non parenti, nessuno. Come era nato? Ecco; era una domanda, questa, che spesso, la notte, quando vegliava innanzi alla carbonaia che ardeva, mandando in alto le sue vampe tra nuvoli di fumo, s'era rivolto, e gli era avvenuto di star più ore pensieroso senza rispondersi.

Del resto, che gl'importava? era tranquillo; ma non fu più tranquillo dacchè Peppe sposò quella strega della Giovanna.

Una sera, tornato dal villaggio accompagnato da quella donna a cavallo del mulo, gli disse che l'aveva sposata il giorno innanzi. Aveva portato pane, vino, salsiccia, e la sera accanto al fuoco banchettarono. Essi si baciucchiavano, si carezzavano alla vampa allegra del focolare che ne accalorava il sangue; e 'Ntoni li guardava addentando un pezzo di pane nel cui mezzo aveva stretto un tocco di salsiccia arrosto. La donna era giovane e rusticamente bella; seno ampio e turgido, spalle larghe, fianchi rigogliosi, sul còllo grassoccio e bianco una collana di corallo rosso. Accesa per la fiammata, pel vino, pel cibo, per le carezze del marito, guardava sottocchi 'Ntoni, che punto da quello sguardo sentiva per la prima in sè qualche cosa di insolito e non sapeva tòrre gli occhi dalla striscia rossa nella grassa bianchezza del collo di quella donna.

Fuori nevicava. In sul tardi, Peppe, con gli occhi lucenti pel vino e pel caldo, disse a 'Ntoni:

— Piglia il tuo pagliericcio e va' a dormire nella tettoia.

— Nevica — rispose Ntoni.

— Se fuori nevica, qui brucia, n'è vero, Giovanna. Va' dunque, va.

— Ma nevica… — ripetè il giovane.

— Mandalo via, mandalo via, ti pare mo'? — fece la donna, già mezza scinta e con gli occhi socchiusi.

'Ntoni l'intese. Si alzò borbottando, prese il pagliericcio e stava per uscire: la Giovanna lo richiamò, e porgendogli un bicchiere colmo di vino, gli disse:

— To', bevi.

Egli, nell'accostarlesi, intravide le carni nude del seno e delle spalle tra il corpetto slacciato. Prese il bicchiere e bevve con gli occhi fissi sulla donna.

Poi uscì, portando con sè il pagliericcio; camminò buon tratto sotto la neve, tremando dal freddo, e appena giunto alla tettoia, stese accanto al mulo il giaciglio e vi si sdraiò sopra.

Non potè chiudere occhio tutta la notte: la campagna silenziosa si distendea grigia sotto la neve: il mulo di tanto in tanto alzava la testa sbuffando. Il giovine, sdraiato sul giaciglio, non sentiva più freddo; quel bicchiere di vino gli aveva mutato il sangue in tante gocce di fuoco. Che cosa ci aveva messo quella strega, che vedendolo bere lo avea guardato con gli occhi accesi e la bocca, rossa e tumida, semiaperta? Ah, per la Madonna, che gli avesse fatto una stregoneria? Peppe, una sera, mentre la carbonaia ardeva, gli aveva raccontato l'istoria di una strega che aveva dato a bere non so che cosa a un giovane, il quale ebbe d'allora come una vampa nelle viscere e nelle vene. Era stregato anche lui, forse?

La mattina, entrando nella capanna, trovò la donna accoccolata sul focolare intenta a far bollire una pentola. Egli non le parlò, ella non badò a lui. Per quattro notti di seguito, dormì sotto la tettoia accanto al mulo; ma una sera, poichè aveva la febbre, gli fu concesso di dormire alla capanna. Era la prima volta che dormiva vicino ad una donna: stette tutta la notte cheto per far credere che dormisse: ma non dormiva, guardava. All'incerto barlume delle braci, vedea sotto le coltri delinearsi quel robusto corpo di donna: poi per lo scomposto stirarsi, nel sonno, delle membra, le coltri scivolarono fino a mezzo il petto, scoprendo metà del seno e delle spalle. Peppe russava con un braccio sul collo della moglie, che supina, russava anche essa. 'Ntoni guardava con la febbre negli occhi e nel sangue.

Scorse così un anno: quella donna parea l'odiasse e anch'egli sentiva per lei un livor sordo. Vieppiù si confermava nella credenza di essere stregato. Anche lei non gli risparmiava, per giunta, nè le busse nè gli sgarbi, ed egli più di una volta era stato lì lì per darle un colpo di scuro e farla finita. Pure non così voleva vendicarsi, no; la notte, quando la vedeva distesa fra le coltri, avrebbe voluto avventarsi su lei, stringerla forte da soffocarla, morderne le carni delle spalle e del seno. Pure odiandola, non se la sapeva togliere dalla mente; e il giorno, mentre dava di gran colpi di scure ai ceppi, se la vedeva lì davanti, con le carni nude, gli occhi sfavillanti, e allora la vista gli si faceva torbida e sentiva certe ondate di fuoco nel cervello e nel sangue.

E che l'avesse stregato non c'era più dubbio. Quello strazio ei lo soffriva dalla sera in cui gli aveva dato a bere quel bicchiere di vino, nel quale chi sa che polvere aveva gettato! Lei ne godeva; nella notte, fingendo d'aver caldo, forse credendolo addormentato, ella si alzava a sedere tutta nuda sul letto e lo guardava con gli occhi lucenti, occhi di strega.

Da tre mesi, si era accorto che la Giovanna se la intendeva con Mico, il guardiano. Una sera anzi aveva inteso un fruscìo in un cespuglio; era accorso credendo di sorprendere un lepre nel covo, ma da quella fratta vide uscir Mico, armato di fucile e di pistola, col coltellaccio nella tasca destra delle brache.

— Di qua non si passa — gli gridò Mico.

Egli tornò indietro: poi si nascose dietro un albero; dopo poco vide alzarsi in piedi tra le felci la Giovanna e correre giù pel sentiero che mena alla carbonaia. La sera, in sull'imbrunire, quando tornò nella capanna, trovò la donna seduta presso al marito intenta a far bollire delle patate in una pentola. Poi le affettò e ne porse un piatto ricolmo, ben condito d'olio, al giovine e, generosità insolita, gli diede un pezzo di lardo. Lui chinò la testa sul piatto ed ingoiava a stento, chè sentiva come un nodo in gola. Quando marito e moglie si coricarono ed egli rimase solo, nel buio, accanto al fuoco, pensò con spasimo d'odio a quella donna, ma con più odio a quell'uomo, a Mico il guardiano.

E d'allora lasciava volentieri la carbonaia per gironzolare pel bosco. Una volta la Giovanna, che furtiva si dirigeva verso la macchia, vedendoselo comparire innanzi all'improvviso, rimase un po' interdetta, poi gli disse coi denti stretti:

— O spione, bada che qualcuno ti romperà le ossa!

Egli senza rispondere s'era allontanato; poi, nascosto dietro un masso, l'aveva seguita con gli occhi. Ella, guardinga, ma credendosi non vista, entrò nella macchia, ove tra le alte felci spuntava la canna del fucile di Mico.

— Oh, santo diavolo! — disse 'Ntoni, mordendosi le mani.

Ma non ne fe' parola a Peppe, che trovò occupato ad attizzare

il fuoco della carbonaia: e quando gli domandò:

— Hai visto Giovanna?

— No, non l'ho vista — aveva risposto il giovane, con gli occhi bassi.

Così stavano le cose. 'Ntoni, partito Peppe, si era seduto con le spalle a un albero e ravvolto nella manta aspettava che la Giovanna aprisse la porta.

Dopo un'ora, ella comparve sulla soglia. Non aveva corpetto e tra lo sparato della camicia si arrotondava il seno turgido di contadina ben pasciuta.

— Perchè non vai a far legna? — gli disse con voce aspra.

— Io ti aspettava — borbottò lui: — solo, non posso dar fuoco.

Ella non rispose e rientrò nella capanna; egli la seguì, e accoccolatosi presso il fuoco, guardava con occhi torbidi quella donna che seduta sulla sponda del letto appuntava con le forcine le trecce.

— Ho forse la gobba, che mi guardi così?... Non mi hai vista mai?

Egli non chinò gli occhi, non rispose, non si mosse. Ella intanto alzò una gamba per calzare la scarpettina nuova di vacchetta e mise in mostra la carne dei polpacci.

Poi aprì una cassetta, e curva sopra essa, con le spalle ampie carnose biancheggianti fra le trine della camicia, rimestava ne' batuffoli di cenci, di nastri e di pezzuole. Ne tolse un corpetto celeste con nastri rossi e lo indossò, stringendolo al seno, che si rigonfiava, per avvicinarne i lembi; cinse di una collana di corallo rosso il collo, mise la tovagliola bianca su i capelli ravviati, e volta a 'Ntoni:

— Debbo andare da comare Rosa e tornerò stasera. In quella cassa ci è pane e formaggio: pigliane.

— Non ne voglio — rispose lui.

— Meglio. Se tu speri che io ti preghi, stai fresco. Su dunque, chè debbo chiudere la porta,

— Senti, Giovanna; come è certo Dio, bisogna finirla!

— Finire che cosa? — rispose la donna voltandosi a mezzo.

— Stammi a sentire, Giovanna — rispose lui, mentre nel viso fuligginoso gli occhi bianchi lucevano sinistri: — stammi a sentire. Ho creduto che quel che sentivo per te fosse odio, ma ora non so che sia. So soltanto che certe volte, quando ti veggo là su quel letto, la carne mi brucia ben più che non brucino le legna nella carbonaia. Stammi a sentire: io ne ho visto delle femmine, ma tu, che cosa ci hai tu perchè io debba pensare sempre a te? Non gli volevo bene a Peppe, ma ora l'odio; conoscevo appena di vista Mico il guardiano, ora, quando mi passa vicino, non so chi mi tenga dallo spaccargli il cranio! Prima che tu venissi, ero tranquillo, mi alzavo all'alba, e dall'alba alla sera, nol dico per vantarmi, non c'era nessuno che spaccasse legna quanto me: poi dormivo come un ghiro, tranquillo e contento del pezzo di pane e delle poche castagne che Peppe mi dava per companatico. Ora non so far più nulla, ora non dormo più, ora sono scontento di tutti e di tutto. Me l'hai fatta tu la stregoneria: e, per la Madonna, bisogna che me la levi. Peppe mi ha detto che quando una femmina fa una stregoneria fa duopo che una tale femmina sia tutta dello stregato, anche per un sol giorno. Tu mi hai fatto il male e tu devi guarirmene.

E in ciò dire si era alzato, ansante, cogli occhi torbidi, col viso nero contratto e si ripiegava su sè stesso per slanciarsi. Ella lo ascoltava con un sorriso ironico sulle labbra.

Quando finì di parlare, scoppiò a ridere:

— Ah! faccia di brutta bestia, te la voglio dare io la stregoneria! Dimani, quando verrà Peppe, voglio ti dia tanti calci quanti capelli hai sul capo.

— Giovanna! — disse lui, coi denti e i pugni stretti.

— Non ti accostare che ti rompo le ossa! Ah perciò mi guardavi, perciò mi facevi la spia! Domani, domani vedrai.

Egli allora, furente, le si slanciò addosso e la prese pel collo. Forte e robusta, la donna cercò svincolarsi, ma sdrucciolò e cadde trascinando nella caduta l'aggressore. Egli le fu sopra, feroce, comprimendola di tutto il suo peso; e mentre la donna si dibatteva, più che baciarla, la mordeva nelle labbra, nelle guance, nel collo con grugniti scomposti; e per soffocarne le grida le mise una mano sulla bocca.

Ed allora gli diede un morso sì forte, che il sangue sprizzò dalla piaga bagnandole il viso.

S'intese un grido ed una bestemmia; vinto dal dolore, il giovane si ripiegò sul fianco: la donna, balzando ratta in piedi, si die' a percuoterlo con calci:

— Ah, mulo! ah, figlio di una mala femmina! ah, carogna!

Aveva i capelli arruffati, la tovagliola lacera, le vesti gualcite e la collana di corallo spezzata: sulle labbra e sul mento una larga e rossa macchia di sangue.

Egli, infiacchito dalla lotta, dall'orgasmo e più dal dolore, restava immobile ai colpi, e contemplando la piaga della mano mormorava: — Ah, strega! ah, mala femmina!

Giovannina, urtandolo coi piedi lo andava spingendo verso la porta, non cessando d'ingiuriarlo.

— Dimani, dimani avrai il resto, non dubitare. Te lo farò dare io il fuoco, te la farò dare io la stregoneria, carogna!

E quando il giovane fu fuori, ella ricompose il corpetto, le cui trine cadevano a brandelli, ravviò i capelli, rimise la tovagliuola, e dopo aver chiuso la porta, non cessando di borbottare ingiurie e bestemmie, si diresse verso la montagna. Giunta a capo del sentiero, si rivolse, e visto 'Ntoni che se ne stava seduto con le spalle ad un albero e con la testa china, cercando di comprimere le labbra della ferita che sanguinava:

— Non mi comparire più innanzi — gli gridò: — dimani sarà l'ultimo giorno tuo.

Egli, con una strana espressione negli occhi e nel viso deformato dallo spasimo:

— Va bene, va bene, qua sotto non piove — disse con un gesto di minaccia familiare ai nostri campagnuoli.

Errò tutto il giorno per la montagna come uno smemorato, ma con un pensiero fisso di vendetta nell'animo. Più che al morso tuttora sanguinante, pensava al contatto di quelle labbra su la mano, al morbido di quel corpo che egli aveva stretto fra le braccia. Verso il mezzogiorno, quando la montagna sotto il sole taceva e gli alberi si ergevano diritti e senza ombra, si assise con le spalle ad un cespuglio, e svolse il cencio insanguinato che avvolgeva la ferita. Il sangue gocciava e le labbra erano rosse e gonfie; egli stette a guardarle pensoso.

— Ah, strega! ah, strega! — borbottava tentennando il capo.

Verso il tramonto, scese lentamente tra gli abeti, fermandosi spesso per guardarsi intorno, e in sull'imbrunire giunse alla macchia dirimpetto alla capanna. Si appiattò tra le felci e stette con gli occhi fissi e le orecchie in ascolto. Poi vide dalla capanna uscir la donna con tizzo acceso e dirigersi verso la carbonaia. La vide chinarsi e dar fuoco alle fascine di rami secchi su le quali erano accatastate le legna; in breve il fuoco brillò, poi tra nugoli di fumo, le fiamme rosse divamparono, serpeggiando con acuto stridìo per i fianchi della catasta. La donna tornò alla capanna stette in ascolto sull'uscio. Le vampe rosse che guizzavano tra i nugoli di fumo ne illuminavano la polputa persona addossata alla capannuccia, mentre il resto della montagna restava all'ombra. Il legno secco, in mezzo al circolo di luce rossa, cigolava, russava, torcendosi divampando e sbuffando fumo e faville.

Poi s'intese un calpestìo: un uomo saliva la montagna: alle vampa della carbonaia lucevano i bottoni di metallo della giacca e la canna del fucile.

I due entrarono nella capanna; la porta si rinchiuse. Allora 'Ntoni uscì fuori dal cespuglio, a passi di lupo si avvicinò alla capanna, e, carponi, stette in ascolto. La fiammata della carbonaia, mossa dal vento, ne arrossava ora la testa lanosa, ora il dorso, or lo lasciava nelle tenebre. Egli con le orecchie tese ascoltava: sentiva un mormorìo confuso di parole, ma lo stridìo delle legna ardenti non gliene faceva comprendere il senso. Allora con un coltellaccio si die' a bucare la parete di selci, e or tremante si arrestava, or tendeva l'orecchio, or continuava lento, ma risoluto, nel lavoro. Carponi, come era, parea un cane ringhioso e sudicio che rosicchiasse furtivo un osso. Un fil di luce che filtrava dal foro lo fece accorto che il lavoro era compiuto. Si chinò vieppiù: accostò l'occhio al buco e guardò. Mico era sdraiato sulla panca del focolare e Giovanna gli sedeva sulle ginocchia. In una graticola sopra le braci arrostivano due fette di carne: una tovagliuola bianca era sciorinata sulla cassa, e sul tovagliuolo vide un orciuolo col vino, pane, formaggio ed altro per la cena. Poi la donna si alzò, tolse dal fuoco la carne fumante, prese uno sgabelletto e si assise presso la cassa, con la testa alle ginocchia dell'uomo. La cena incominciò, interrotta da baci e da carezze. Essi bevevano nell'istesso orciuolo, addentavano l'istesso pezzo di carne, e ciarlavano allegri. 'Ntoni, carpone, con gli occhi al foro, guardava. Era digiuno dal giorno innanzi, ma non aveva fame; sentiva il cuore pieno, il cervello pieno d'odio.

Stette così più ore, mentre la carbonaia continuava a svolgere in alto, fra le tenebre, il suo nuvolo di fumo tra le fiamme rosse e scoppianti. Poi ad un tratto 'Ntoni si alzò; la luce rossa ne illuminava il viso nero deformato dall'ira. Gli alberi neri nell'ombra pareano fantasmi che lo guardassero taciti. Egli si diè a girare intorno la capanna; talora si arrestava e tendeva le orecchie agli allegri scoppii di riso e alla parole di carezza. La ferita della mano gli bruciava, ma più che il bruciore alla mano, sentiva vivissimo uno spasimo al cuore. Poi si chinò di nuovo, mise gli occhi di nuovo allo spiraglio e guardò. Sul materasso, illuminati fiocamente dalla lucerna appesa alla catena del focolare, giacevano quei due, immobili. Si udiva il russar rumoroso dell'uomo, il respirar più leggiero della donna che dormiva colla testa sul petto dell'amante e con le braccia nude, col seno bianco nudo, molle e stanca. 'Ntoni guardava con gli occhi torbidi, guardava le forme della donna denudata qua e là. Poi di un tratto s'alzò, esclamando con una orrenda bestemmia:

— A me, no, a me! ah, strega maledetta!

E come demente, corse alla carbonaia; incurante della vampa che ne imporporava la persona, si diè a trarne un tizzo, che, smovendosi, fe' sprofondare con sordo rumore le legna ardenti, le quali divamparono più vive, sollevando un nembo di fumo e di faville. Col tizzo fumoso e fiammeggiante, il giovine corse alla capanna e ve lo gettò; poi, arrampicatosi su per la montagna, fermossi ritto, immobile sulla cima. Le felci secche stridettero accese, poi divamparono, e le fiamme, serpeggiando, in breve si elevarono tra il fumo e le faville che in alto si confusero con quelle della carbonaia. La doppia gigantesca fiamma rischiarò di una luce sanguigna il dorso della montagna, i cui abeti neri ed immobili sembravano spettri neri e taciti. Ritto sul sommo della montagna, il giovine guardava:

— Ah, strega maledetta! — esclamò, quando vide la capanna sprofondare, divampando tutta con subito scoppio.

Era l'ora in cui la nebbia bianchiccia, che elevasi dal fiume, pesa più densa sulle campagne silenziose, e dai comignoli delle casette villerecce sottili pennacchi di fumo si innalzano lentamente ora diritti, ora lievemente agitati dalla tramontana. I contadini, reduci dal lavoro, attendevano ad ammannire la parca cena intorno alla crepitante fiamma del focolare, mentre le mamme cullavano i figlioletti per addormirli, e nelle stalle i buoi dai grandi occhi sonnolenti, con le ginocchia ripiegate, sbuffavano ruminando le foglie secche.

Quella sera, essendo il domani domenica, si vegliava in casa di Malomo, che era il più facondo narratore del dintorno. Nessuno più di lui sapea tener desta l'attenzione e commuovere con le belle fiabe e le vecchie storie di streghe, di briganti, di apparizioni e di tesori; ed era una gran festa pei poveri contadini il potere, dopo sei giorni di lavori durissimi, darsi quel po' di bel tempo accanto al fuoco.

Ero andato a passar pochi giorni in campagna, e mi ero invitato a quella veglia. Sul banco più vicino al fuoco avevano posto due guanciali ripieni di paglia tolti da uno dei letti: mi ero sdraiato sopra essi e, fumando, porgevo attento orecchio ai discorsi di quella gente.

— E non vuol piovere! — diceva un vecchio contadino. — Sembra maggio, sembra!

— E non pioverà, che ai 22. L'ho letto in Barbanera.

— Allora siamo bell'e rovinati.

Ci fu un momento di silenzio. Malomo badava a raccogliere le ceneri intorno al fuoco; non si udiva che il rullìo del fuso della vecchia contadina, e l'agucchiar delle ragazze, mentre la vampa crepitava or viva e rossa, lambendo gli orli della cappa, or bianca e morente a fior di brace.

Poi, rivolgendosi alle figliuole, il massaro disse:

— A proposito, avete pensato ai buoi?

— Hanno dell'erba nella mangiatoia.

— E l'erba non basta con un tal freddo: ci vuole anche un po' di fieno. Va', Rosa, va a pigliarne una bracciata.

Nessuno si mosse.

— Io non ci vo' a quest'ora — mormorò Rosa.

— Ed io nemmeno, ho paura — disse sottovoce la Maria.

— Dunque, avete inteso? Vacci tu, Tonno, — fece poi, volgendosi ad un contadinotto, l'ultimo dei suoi figliuoli, che gli sedeva vicino.

Tonno anche egli borbottò non so che parola e non si mosse.

— Ma vedete che freddolosi! Dunque, animo — disse il vecchio con un po' di collera nella voce.

— È inutile, zio Giovanni — fece un contadino. — È alla chiesuola che conservi il fieno, non è vero?

— Sì, ebbene?

— Ebbene, non capisci che a quest'ora, anche io che son vecchio, non andrei in quel luogo? Fa meraviglia come tu, che ricordi tante cose, hai dimenticato che colà...

Zio Giovanni scrollò le spalle, poi:

— Hai ragione, sono una bestia. Ma come si fa? I buoi hanno bisogno di fieno!

— E perchè non ce l'hai detto di giorno? Di giorno sì, ma di notte sfido chiunque ad andarci — rispose Tonno. — Del resto — proseguì — per una notte i buoi non morranno di certo.

— Ma che cosa vi fa restii ad andare nella chiesuola? non è da qui a due passi? — diss'io.

I contadini non risposero: il vecchio Malomo mi guardò meravigliato.

— Ma non sapete dunque che in quella chiesuola ci sono due spiriti, custodi di un tesoro?

— Oh! oh! e perchè tu non hai cercato di impadronirtene?

— Non ne ho avuto il coraggio e credo che nessuno l'avrà mai. Bisogna, fra le altre cose, uccidere un fanciullo e bagnar del suo sangue la pietra del sepolcro.

Gli astanti rabbrividirono.

— Sicuro, — continuò il vecchio. — Sulla pietra del sepolcro, che chiude il tesoro, fa duopo uccidere un fanciullo nato da vedova, raccoglierne il sangue in un calice consacrato, versarne metà sulla pietra, e bere il resto. Poi, alla luce di due fiaccole di pino, segnar due cerchi nel mezzo della pietra, la quale si solleverà da sè. Da quella apertura uscirà un fumo denso di pece e di zolfo; fra quel fumo appariranno gli spiriti che cercheranno soffocarvi. Se voi tenete fermo, badando a non farvi toccare la punta del naso, udrete una voce terribile, che vi domanderà: Che volete? Voi allora: In nome del Padre, del Figliuolo e dello Spirito Santo, esci di lì e va' all'inferno. A questa invocazione lo spirito fuggirà urlando e cacciando fiamme rosse e crepitanti. Poi attraverso il fumo e le fiamme fa duopo scendere per una scaletta in fondo alla sepoltura. Ivi appariranno i tesori in tre recipienti, una pignatta piena di monete, una casseruola piena di gemme e una marmitta ricolma di pezzi di oro e di argento. Bisogna uno alla volta portarli all'aperto passando tra il fumo e le fiamme, ed il tesoro è vostro.

— E qualcuno ha tentato d'impadronirsene?

— Eh, altro! Or fan 20 anni un mio cugino, che aveva una sorella rimasta vedova e madre di un figlioletto, rubò il nepotino e con lui si incamminò verso la chiesuola. Nella notte precedente aveva anche rubato un calice alla chiesa di Paternò. Cammin facendo si incontra col fratello, che gli chiede dove andasse; l'altro, dopo lungo esitare, lo mette a parte del suo progetto, che era quello di venire qui a far le pratiche per impossessarsi del tesoro. Il fratello di mio cugino, mio cugino anche esso, inorridito, si scagliò sul fratello e con calci e con pugni lo costrinse a tornare indietro.

— Gesù, Gesù! — fecero le donne segnandosi.

— Ma voi come sapete che il tesoro è in tre recipienti?

— Fu veduto.

— Fu veduto?

— Sicuro. Me lo disse or fan trenta anni proprio chi lo vide. E sapete chi? Muso di Volpe, il mio compare che era al servizio dei signori Scerbi.

— L'ha detto proprio a te, tata? — chiese Carolina.

Le donne aveano smesso di filare, per porgere ascolto e gli uomini si eran chinati vieppiù verso il vecchio contadino.

— Proprio a me. Dovete sapere che or fan 30 anni la casa e la chiesuola erano dirute e le mura serbavano le tracce del fuoco appiccatovi dai Francesi. A piè delle cadenti muraglie crescevano le erbe e le ortiche, e le civette e gli uccelli di rapina nidificavano nei buchi e nelle fessure. Muso di Volpe guardava le pecore sulla montagna poco da qui discosto; nel contarle ne trovò una mancante. Era tardi, e doveva tornare all'ovile posto lassù, sulle colline al di là del fiume. Come tornare all'ovile con una pecora di meno? Affidò la mandra ad un pecoraio di passaggio, e, seguito dal cane, si diè a cercar la smarrita per tutte le balze e per tutti i burroni. Era l'avemaria, e la nebbia del fiume già pesava sulla campagna. Muso di Volpe, ostinandosi nelle sue ricerche, giunse al sommo della collina dove incomincia il bosco, che era impraticabile per le spine, i cespugli, i rami che s'intrecciavano come una fitta rete. Egli si aprì a stento il passo e discese la china e trovossi proprio dirimpetto alle vecchie mura della casa e della chiesuola, non restaurate ancora in quel tempo, ed ebbe paura nel trovarsi qui, solo e tanto lontano da casa sua; eppoi sapeva bene che qui la notte si dan convegno gli spiriti, e temeva qualche brutta apparizione. Nondimeno si segnò con la croce, invocò la Vergine Maria e guardossi intorno. Fra la nebbia e l'ombra della notte si disegnavano confusamente le mura scalcinate, e di tanto in tanto rapido passava volando un uccello nero che facea ritorno al suo nido. Muso di Volpe stava per tornarsene, disperando di ricuperar la pecora, quando fra i cespugli che ingombravano il recinto della chiesuola gli parve di vedere qualche cosa di bianco, la pecora senza dubbio. Fischia al cane ed entra fra quelle mura. La pecora di repente spicca un salto e scompare in una buca, la quale non era altro che un'antica sepoltura senza coperchio. Il mio compare vede una scaletta, scende il primo gradino, poi il secondo, poi il terzo, e trovasi in un sotterraneo.

Quando, senza sapere in qual modo, il sotterraneo, che era buio come un forno, s'illuminò ad un tratto di una luce rossa e viva come se colà dentro avessero accese cento fascine di vecchi sarmenti. In quell'aria rossa che lo avvolgeva senza bruciarlo, vedea guizzar lampi sottili e rapidi che partivan da un angolo ove scoperchiati vide i tre recipienti. Quello delle gemme aveva luccicori di brace di mille colori; l'oro biondiccio raggiava come il sole al mattino; l'argento bianco come luna a mezzanotte; e, fra le due luci, il vaso delle gemme parea contenesse ammucchiate tutte le stelle del cielo...

Il vecchio s'interruppe per giudicar dell'effetto delle sue parole sull'uditorio. Le contadine ascoltavano col fuso sulle ginocchia, con la bocca semiaperta; gli uomini si volgevano sguardi di meraviglia e davano in esclamazioni. Il vecchio proseguì:

— Immaginate lo sgomento e insieme la gioia del mio compare Muso di Volpe! In sulle prime avrebbe voluto fuggire, ma si sentiva come inchiodato in quel luogo; avrebbe voluto distogliere gli occhi da quei bagliori d'argento, d'oro e di pietre preziose che splendevano come gocce di fuoco; ma quantunque si sentisse come accecato, quantunque avesse fatto scudo della mano agli occhi, attraverso la mano vedeva pur sempre quella luce di luna, di sole e di stelle, confondersi in una sola, abbagliante. Egli si fece animo: comprese che era quello un istante supremo della sua vita, e che entrato là dentro povero mandriano avrebbe potuto uscirne più ricco di Don Vincenzo Scerbi suo padrone, il quale ha, cioè aveva, chè se li è giuocati tutti, ben centomila ducati. Corse in quell'angolo ove erano i tre recipienti scoperchiati, aprì con mano tremante il suo zaino, poi immerse le due mani nel mucchio delle gemme e si diè a riempirne lo zaino, poi prese a piene mani le monete d'oro, tutte doppie di 6 ducati, e si diè a riempirne le tasche, poi, toltosi il cappello, tornò alle gemme e ne colmò fino agli orli il suo cappello a cono.

— Ed era grande come questo? — chiese Tonno togliendosi il suo cappellaccio sformato dal tempo e dalle pioggie.

— Eh, altro! Quando lo zaino fu pieno, quando furono piene le tasche, quando fu pieno il cappello, sicchè Muso di Volpe aveva lampi di luce in tutta la persona e scintillava come acqua al sole, mosse per andarsene. Vi so dire io che il cuore gli balzava in petto come un gatto nel sacco, e non vedea l'ora di uscir fuori all'aperto. Ma sì, impossibile; quell'aria rossa che lo stringeva da ogni parte, non lo faceva andare ne innanzi nè indietro, e nelle sacche, nel zaino che gli pesava sulle spalle, nel cappello, quelle monete, quelle gemme bruciavano come brace di carbone e gli scottavano i fianchi, le spalle, le mani, sicchè il poveretto, vinto dal gran dolore, si diè a piangere, a singhiozzare; quando un grido terribile che veniva da un angolo del sotterraneo gli diede uno schianto al cuore. — Lascia! — diceva quel grido. Muso di Volpe volse gli occhi a quella parte e vide, nell'arco rosso del sotterraneo, in fondo, una testa nera orribile, con due pupille gialle nel mezzo della fronte, con una bocca fino alle orecchie, lunghe come quelle dell'asino, e dalla bocca, fra i denti neri, penzolava una lingua rossa biforcuta.

— Ho paura, ho paura, mamma! — dicevano le due giovinette piegando il capo sugli omeri della madre, che si facea la croce, biascicando avemarie e paternostri.

Gli altri contadini, anche essi spaventati, baciavano divotamente l'abitino che pendeva loro dal collo. Il vecchio, soddisfatto dall'impressione destata, dopo aver aspirato rumorosamente un pizzico di tabacco da una scatola di legno, si accingeva a continuare il racconto, quando una folata di vento, passando per la fessura della porta, ravvivò la fiamma del focolare, che elevossi in guizzi rossi e crepitanti, mentre il vento mugolava sordamente per la campagna.

— Mamma mia, Madonna mia! — fecero i contadini balzando spaventati.

— Non è nulla, non è nulla — disse il vecchio Malomo, forse anche egli in cuor suo trepidante. — È il vento, ed è buon segno, chè ci porterà l'acqua. Ma veggo che vi ho spaventato troppo e però è meglio che taccia.

Sapeva però il vecchio che la curiosità è più forte della paura. Infatti, appena i contadini tornarono a sedere, uno di essi, interpretando il voto di tutti, disse:

— Continua, via, zio Giovanni. Infine ognuno di noi ha in petto l'abitino della Madonna del Carmine e la brutta Bestia, che sia sempre maledetta, non oserà far cattivi giuochi con noi.

Le ragazze anche esse, pur nascondendo il viso sugli omeri della madre, porgevano attento orecchio tra curiose e spaurite.

Bisogna credere, dal modo come ripigliò il discorso, che al vecchio contadino sarebbe rincresciuto il tacere: onde egli continuò:

— Muso di Volpe, a quella voce che gli gridava: "Lascia!" comprese che dovea deporre il tesoro, e, quantunque a malincuore, chè in lui l'avarizia era più forte della paura, si diè a vuotare le tasche ed il cappello; e sperando che lo spirito non si fosse accorto dello zaino, muoveva per andarsene, quando un'altra volta rimbombò la terribile parola: "Lascia!" E allora Muso di Volpe sospirando vuotò lo zaino, dicendo: Ora puoi concedere che io me ne vada! — "Lascia!" — gridò di nuovo lo spirito. — Lasciare? — che cosa, se aveva tutto vuotato ed i recipienti eran tornati colmi come li aveva visti nell'entrare? — Non ho più nulla — diceva il mio compare. — "Lascia!" — continuò a gridare quella testa, che il poveretto vedea nell'aria rossa del sotterraneo agitarsi, digrignare i denti lunghi e neri, sporgere un palmo la lingua fiammante e fumante, mentre le gialle pupille nella fronte nera mandavano lampi come zolfo acceso e le lunghe orecchie pelose battevano con sordo frullo come l'ale nere di un uccellaccio. Muso di Volpe tremante, smarrito, frugò nelle tasche, nello zaino, nel cappello, e non trovò nulla, e si disperava e piangeva perchè si sentiva come inchiodato al suolo, come soffocato da quell'aria rossa, come ferito da quelle due pupille gialle che lo fissavano minacciose. Ma nel chinarsi per frugar nelle brache, vide lucere una moneta fra le cordicelle che assicuravano al piede i calzari di cuoio; la tolse di là e la gittò nel mucchio.

Di repente, come quando in una stanza si smorza il lume, trovossi in una oscurità completa: non più luce rossa, non più luccichìo di gemme; buio, buio completo: solo di fuori, in alto, fra gli strappi della nebbia, vedea splendere una stella. Uscì di corsa da quel sotterraneo e tutta notte vagò come uno smemorato per la montagna. Tornò la mattina all'ovile, si mise a letto con una gran febbre che lo tenne tre mesi fra morte e vita. E sapete che disse il medico, che, detto fra noi, doveva essere un asino? Disse che la febbre era sopraggiunta a Muso di Volpe, mentre guardava le pecore, e tutto quel che aveva visto era effetto della febbre.

— Sì, mo' la febbre fa vedere i tesori custoditi dal diavolo, che maledetto sia! Doveva essere una bestia quel medico — esclamarono i contadini.

— E tu che ne pensi, Giovanni? — chiesi io.

— Che volete che vi dica? Un tempo, or fan 30 anni, nessuno avrebbe osato mettere in dubbio certe cose. Ma adesso non si crede più a Dio, lodato sempre, non si crede manco al diavolo, che possa sempre bruciare ove brucia.

Le donne ripresero a filare, i contadini zittivano pensosi. Il vecchio zoppo, lieto dell'effetto ottenuto, mise una bracciata di legna al fuoco che divampò più vivo, mentre il fumo azzurrigno ascendeva lentamente verso il soffitto.

— Ma di' un po', come è nata la credenza che in quell'antica chiesuola ci sia un tesoro?

— Si narra una certa storia che rimonta a molti anni dietro, signorino mio.

— A quanti?

— Al tempo dei Francesi. È certo che molti hanno visto lungo quelle mura, a mezzanotte, quando non c'è luna e l'aria è nera, aggirarsi due forme bianche. L'una ha il viso di una fanciulla bellissima e delicata, candida così di volto che gli occhi nella faccia sembrano due buchi neri nella neve, e i capelli lunghi e sottili che si confondono con la nebbia che si alza dal fiume.

Nel petto, anche esso bianco e appena delineato, dicono quelli i quali l'han visto, che avvi un buco rosso, dal quale scorre un filo sottilissimo di sangue. L'altra ombra è quella di un giovane, bello anche esso, e anche esso con due buchi rossi, uno al petto e l'altro nel fianco, dai quali scorre il sangue lieve lieve… Essi escono abbracciati dalla sepoltura e stretti l'un l'altro si aggirano lungo le mura, si nascondano nei cespugli, siedono sulle pietre, e li hanno intesi mormorare parole ignote e li hanno visti baciarsi con lieve mormorìo.

— Ma quale è dunque questa storia?

— Non la so che in confuso, per averla intesa raccontare da tata buonanima.

— Narracela come la sai — dissero ad una voce i contadini, che pendevano dal labbro del vecchio Malomo.

Questi tolse dalla scatola di legno un altro pizzico di tabacco, lo succhiò rumorosamente con le nari, poi volse gli occhi intorno e visto che erano tutti intenti, sorrise soddisfatto e principiò a dire:

— Io allora non era nato; tata era un giovanetto che abitava in una torre vicina: quindi si può dire che i fatti che or ora vi narrerò brevemente accaddero sotto i suoi occhi. Qui allora sorgeva una casa vastissima a due piani; attigua ad essa era la chiesa. I padroni di questa montagna, che avevano il titolo di Baroni di Virano, eran gente religiosa e in casa loro avevano il cappellano che diceva messa ogni domenica.

Il barone non aveva che una sola figliuola, ma bella tanto, che pareva una Madonna, sempre sia lodata. Qui vicino aveva anche una casa il marchese di Chiatrato, il quale se ne stava però una buona parte dell'anno in Napoli presso il Re, che gli voleva un gran bene e l'aveva fatto ciambellano, che vuol dire un pezzo grosso nel palazzo dei regnanti. Il marchese aveva un figliuolo capitano, giovane coraggioso e bello come un San Michele. Ora questo giovane, essendo venuto a caccia in questa montagna che limitava col suo feudo, si incontrò un giorno con la figlia del barone e se ne innamorò pazzamente, ed anche ella pazzamente si innamorò di lui. Le due famiglie si misero d'accordo e fu deciso il matrimonio. Però il diavolo, come suol dirsi, ci mise la coda ed il giovane fu richiamato a Napoli, perchè allora, già voi non le capite certe cose, allora i Francesi minacciavano di cacciare dal regno il Re, ed il Re aveva bisogno di soldati per far la guerra.

Immaginate il pianto, la disperazione della fanciulla nel dividersi dal suo fidanzato; ma non c'era che fare e gli convenne partire.

Poi il Re fu costretto a fuggire da Napoli ed il giovane capitano lo seguì in Sicilia.

Intanto i Francesi eran venuti anche qui da noi, ma trovarono pane pei loro denti, chè i nostri padri anzichè piegare il collo, amarono meglio pigliar la montagna e morire fra le schioppettate. E di schioppettate se ne tirarono, ve lo so dire io, e di Francesi ne morirono, chè se andate alla Sila e scavate, in ogni zolla troverete ossa di Francesi. E quella fu guerra santa. Se aveste visto! Villaggi incendiati, boschi divorati dalle fiamme, carneficine, omicidii, assassinii, insomma parea venuto il finimondo. Dietro ogni albero si era sicuro di trovare un calabrese con la carabina spianata ed il pugnale fra i denti, ed in ogni macchia una banda appiattata per balzar sui Francesi che osassero avventurarsi sulle montagne. Però anche i Francesi avevano da noi amici che si chiamavano liberali, mentre i nemici eran detti borbonici. Ed avveniva che se i Francesi vincevano, i liberali incendiavano le case, uccidevano le persone, perseguitavano e scacciavano dai villaggi le famiglie dei borbonici; se i Francesi eran perditori in qualche battaglia od in qualche scaramuccia, alla loro volta i borbonici davano addosso ai liberali.

Insomma, cari miei, pareva proprio che il Signore, lodato sempre, ci avesse dimenticati e dati in balìa della brutta Bestia.

— Lascia stare le considerazioni e narraci la storia promessa — dissi io.

Il vecchio non fu soddisfatto della mia interruzione, si chinò per raccogliere le ceneri intorno al fuoco, e poi riprese a dire:

— Come avvenne non so, ma il figlio del marchese di Chiatrato fu mandato dal Re per disciplinare le bande e mettersi a capo di esse, le quali ben dirette presero il sopravvento, ed i Francesi presto si accorsero che il capo era valente e coraggioso. Fu bandita una taglia di cinquemila ducati sulla sua testa, e intanto si raddoppiarono le truppe, e in ogni montagna fu posta a guardia una compagnia di soldati. In casa del Barone, che se ne era rimasto in campagna per mantenersi affatto estraneo ad ogni partito, prese alloggio un giovane tenente, i cui soldati dormivano nella torre, dove ora siamo noi. La figliuola del Barone era in continui palpiti pel suo fidanzato, di cui sentiva discorrere come di un brigante, quantunque nessuno sapesse il vero nome di lui, perchè egli era conosciuto sotto il suo nome di guerra e lo chiamavano "lo Sparviero". Il tenente, non sapendo come meglio occupare il suo tempo in questa campagna solitaria, faceva lo sdolcinato alla figlia del Barone, la quale pensate voi se poteva dargli retta; ma lui duro a dirle dolci parole e a far venire per lei da Cosenza mazzi di fiori, nastri, libri, che però non erano accettati, sicchè il Francese si rodeva della rabbia e dalla gelosia. Però credete voi che i due fidanzati non si vedessero? Quando più buia era la notte e più deserte e silenziose le campagne, mentre i soldati dormivano qui, in questa torre dove ora siamo, e nella casa del Barone servi e signori erano a letto, e il tenente gonfio di vino, chè era un gran bevitore, russava nella sua stanza, — un uomo avvolto in un mantello nero, col cappello calato sugli occhi, con la carabina a bandoliera, saliva la collina a passi di lupo, fermandosi ad ogni tratto per tender l'orecchio; poi radeva le mura della casa, e giunto presso alla chiesuola ne spingeva pian pianino la porta, che si apriva per poscia rinchiudersi alle spalle di quell'uomo. La chiesuola era rischiarata dalla lampada che ardea dinnanzi al quadro della Vergine sull'altar maggiore. Quell'uomo, che era il capitano fidanzato alla figliuola del Barone, sedeva sui gradini dell'altare e aspettava finchè un lieve calpestìo nella scaletta dietro la porta che comunicava con le stanze della casa baronale, non l'avesse fatto accorto che la fidanzata scendeva all'usato convegno. Quel che facessero là dentro non so: certo non contavano storie, come fo io: erano giovani, belli, e si amavano, ed il loro amore era reso più saldo dalla separazione, le loro gioie più vive dai pericoli onde erano circondati.

Corse voce che un fantasma si aggirava per la contrada; ma il tenente, eretico come tutti i francesi, non credeva ai fantasmi e si mise in animo di vegliare ben bene, tanto più che avendo saputo essere la figliuola del barone (la quale non si degnava neanche di sorridere alle parole di lui ed a vederlo fuggiva nelle sue stanze) fidanzata ad un capitano borbonico, di quelli che avevano seguito il Re in Sicilia, sospettò che il fantasma ben potesse essere il fidanzato, e si confermò nel sospetto quando seppe che l'audace capobanda, detto lo "Sparviero", era stato riconosciuto da alcune spie pel figlio del marchese di Chiatrato. Ed una notte il tenente, invece di andare a letto, smorzato il lume della stanza, si mise in vedetta alla finestra, e vide benissimo che un'ombra nera saliva la collina e poi giunta presso alla chiesuola ne apriva la porta che le si richiuse alle spalle. Allora il tenente, per non far rumore, scese dalla finestra e corse qui a svegliare i soldati, i quali coi fucili spianati si appostarono intorno alla chiesa, mentre il tenente con cinque o sei dei più risoluti incominciava a dar di gran colpi alla porta. Quando questa cedette, i Francesi irruppero dentro. Si intese un grido, poi due colpi di pistola, e quando il fumo si diradò, si vide presso ai gradini dell'altar maggiore un uomo in ginocchio che sosteneva fra le braccia una donna svenuta. Gli occhi di quell'uomo brillavano come brace; egli imbrandiva una corta e larga daga, e minaccioso fissava i soldati, i quali, visto cader due dei loro compagni, si slanciarono col tenente su quell'uomo, che si alzò ritto in piedi e ruggendo di rabbia tenne loro fronte colpendo di taglio e di punta. La fanciulla, che era la figlia del barone, giaceva sui gradini dell'altare con la testa riversa, col corpo abbandonato. Non so quanto durò quella lotta: gli altri soldati eran corsi a dare aiuto ai compagni, ma quell'uomo..... avete visto talvolta lottare il cignale contro una muta di cani? Ebbene, così lottava quell'uomo, già crivellato di ferite, ma impavido sempre, finchè, dopo avere atterrato buon numero di nemici, sentendosi venir meno, riunendo tutte le forze si scagliò sul tenente, ed afferratolo per la gola gl'immerse la daga nel petto. Poi quando vide precipitar come fulminato il nemico, corse, inseguito dai soldati, ai gradini dell'altare, prese in braccio la fanciulla che non dava segno di vita, e cercò aprirsi il passo; ma invano, chè i Francesi gli furono sopra e lo colpirono con le daghe, coi calci di fucili, finché egli cadde senza vita in un lago di sangue.

— Oh! poveretto, poveretto! — esclamarono gli ascoltanti. — E della figlia del barone?

— La figlia del barone fu ferita anche essa e agonizzava presso il cadavere del fidanzato. I parenti ed i servi, svegliati dal fracasso, erano accorsi, e immaginate qual cuore fu il loro nel veder quella scena! I soldati, inferociti in veder morti da un solo ben cinque di essi e feriti parecchi, arrestarono la famiglia del barone, e poscia, per vendicare il tenente ed i compagni, appiccarono il fuoco alla casa ed alla chiesuola e partirono per Cosenza con i prigionieri, resi pazzi dal dolore e dalla vergogna.

— Ma in qual modo è nata la credenza che in quella chiesuola vi sia un tesoro?

— Perchè il capitano andava a seppellire colà dentro le ricchezze tolte ai Francesi nelle sue scorrerie. È certo che il tesoro fu visto, ed é anche certo che le anime di quei due poveretti vengono ogni notte ad aggirarsi per questi dintorni.

Le donne ripresero a filare, gli altri contadini con le mani stese alla fiamma zittivano paurosi.

Lontano, come un gemito soffocato, alcuni squilli ad intervalli si udirono nel silenzio solenne della campagna.

— Mezzanotte — disse il vecchio Malomo segnandosi. — L'abbiamo fatta tardi stasera.

E con gli occhi alle braci biascicò un'avemaria.

Mi alzai per tornarmene alla mia casetta in fondo all'aia. Aprii la porta: il cielo era coperto di nuvole, la campagna silenziosa e nera. Di tratto in tratto i vecchi castagni stormivano sinistramente.

ANDREA

La casa di campagna dei baroni di Montalto era posta sull'altipiano dei monti presso alla foce del Savuto. Il fienile, le stalle, i magazzini per le granaglie le sorgevano intorno, ed ai margini del piano, nel fondo verde del bosco di castagni biancheggiavano le casette dei contadini, coloni del vasto podere. Le colline parallele alla vallata scendevano con dolce declivio fino al mare che si stendeva azzurro, con Stromboli in fondo fra la nebbia bianchiccia.

Il barone era morto un mese dopo la nascita della sua unica figliuola; la vedova non avea voluto metter casa in città per attendere alla coltura dei vasti poderi. Una signora, inglese o francese, non so bene, aveva cura della educazione di Bianca, unica erede del nome e delle ricchezze dei Montalto.

La baronessa era una di quelle gentildonne di campagna, massaie e signore, fiere della loro nobiltà di tre secoli; ma che non isdegnano di occuparsi delle più volgari faccende domestiche. I Montalto avevano avuto diritti di alta e bassa giustizia su le genti dei dintorni, e nei contadini era tradizionale il rispetto per quella famiglia di signori, non più buona, ma non più cattiva delle altre. Del resto, quando i numerosi coloni a Pasqua ed a Natale o dopo il raccolto, andavano al palazzo, come essi chiamavano la casa di campagna della baronessa, per fare i conti, o coi doni già stabiliti nei contratti a mezzadria, e la vecchia signora vestita di lana nera, e mezzo sdraiata nella poltrona di cuoio presso lo scrittoio fiancheggiato da alti scaffali, porgeva loro la mano a baciare, si sentivano orgogliosi di toccare con le labbra, rapidamente pulite colla manica della giacchetta, la pelle bianca e fine della baronessa, la quale per altro non sdegnava di lesinare sul prezzo del grano e non risparmiava i rimproveri se, a Natale, massaro Mico o se, a Pasqua, massaro Giovanni invece di un grasso agnello da latte avessero portato un paio di galline.

Nel luglio, dopo la mietitura, la vecchia signora vigilava da sè, sull'aia inondata di sole, alla divisione delle biade, riparandosi dai raggi cocenti sotto un grande ombrello di seta ed enumerando a voce alta, di man in mano che si misuravano i tumuli di grano e se ne facevano due mucchi. Nè credeva derogare, quando seduta sopra uno sgabelletto di legno in un angolo del vasto magazzino ingombro di grandi cesti, di ingraticciate, di orci per l'olio, di grossi mucchi di granturco non sgranato, sotto i formaggi ed i salami pendenti dalle travi, china sopra un gran libro sostenuto dalle ginocchia, segnava le ceste di patate ed i sacchi di legumi che le spettavano dal ricolto e che man mano dai campi portavano in ispalla i terrazzani.

A maggio, la vecchia signora, sempre vestita di lana nera, con una cuffietta bianca sui capelli grigi, col mazzo di chiavi alla cintola, dirigeva il governo dei bachi nelle vaste e scure soffitte della casa, respirando, da donna forte ed avvezza, l'aria appestata degli stanzoni brulicanti di vermicciattoli e il tanfo del tritume di gelso. Talvolta con le sue mani bianche di baronessa non schifava raccogliere i bachi morti o mettere a posto, nel bosco, i vivi.

Gli armenti, divisi in gruppi di cinquanta capi, erano guidati al pascolo dai contadinelli, che partivano il mattino all'alba per ritornare la sera al tramonto. Il più infingardo dei mandriani, e perciò il più malvisto, era un giovane dagli occhi loschi e dalle guance terree che si chiamava Andrea. Il primo a tornare la sera nell'ovile, era l'ultimo a partirne. Insocievole e taciturno, fuggiva la compagnia dei suoi pari, nè vedevasi nelle veglie dell'inverno accatno al focolare, nè in quelle dell'estate, fuori l'uscio. Era orfano, miserabile, brutto e fors'anche un po' cretino. Le contadinelle lo beffavano e gli davano dei pugni, e lui non sorrideva, nè montava in collera. Non cosi però con gli uomini, i quali lo evitavano, chè, irragionevole e scemo come era, avrebbe risposto con un colpo di scure ad uno sguardo bieco o ad una parola d'offesa detta anche per giuoco. Ed era forte come un bue: afferrava un torello per le corna e lo riversava; con un sol colpo di scure spaccava in due un ceppo di castagno. Però, quantunque insocievole e testardo, si sapeva che la baronessa non lo avrebbe mai scacciato dal suo servizio, perchè egli era nato nella istessa notte e nell'ora istessa in cui era nata la signorina Bianca; e la baronessa, nei dolori del parto, aveva fatto voto a Sant'Anna di tener sempre al suo servizio i nati in quella notte della famiglia contadinesca a lei soggetta.

Quella leggiadra fanciulla, figlia di signori, e quel tapinello, figlio di una povera contadina, erano stati amici per un bel pezzo. Quando la madre di Andrea andava sulla montagna per raccoglier legna, o in riva al fiume per lavare i panni sporchi degli altri contadini, il fanciullo restava solo in casa, e la bimba, portata in braccio dalla nutrice, passava spesso innanzi al tugurio di Andrea, il quale, coricato bocconi su gli scalini della porta, alzava la testina irsuta, dalle guance impiastricciate di lordure, per guardare la figliuoletta dei suoi padroni, rosea tra le bianche fasce e la cuffietta infiorata. E la bimba rideva a vederlo, e stendendo le manine, con balzi e con sussulti cercava liberarsi dalle braccia della balia per scendere a fare il chiasso col fanciullo, al quale gettava le paste e i biscotti a metà mangiucchiati, che egli, correndo carponi come un lesto cagnolo, raccoglieva ed abboccava tutto allegro; e poi, sgambettando e battendo le mani, faceva festa alla bimba, alla quale inviava baci, chiamandola dolcemente per nome.

Tale dimestichezza irritava la balia, bella e robusta contadina che, vivendo in casa di signori, era diventata superba e sprezzante dei suoi pari. Un giorno alla bambina cadde la pupattola tutta oro, nastri di seta e trine d'argento; Andrea corse a raccoglierla, e la contemplò a lungo maravigliato. La balia, indignata, gliela strappò di mano per ridarla alla bimba che piangeva; ma quando si accorse che con le manine sporche quel tristanzuolo, figlio di mala femmina, aveva insudiciato la gonnellina ed il corpetto di seta della pupattola, gli corse sopra e si diè a picchiarlo, sorda al pianto di lui che, fra i singhiozzi, chiamava la mamma. La quale accorse, e, saputo il fatto, picchiò anche lei di santa ragione il fanciullo. Che irriverenza non era quella? Insudiciare con quelle manacce la bambola della signorina!

Quando la Bianchina ebbe sette anni, le fu regalata dallo zio, che abitava in città, una bella carrozzina, imbottita di piume e tappezzata di velluto. Andrea, già in età da guadagnarsi il pane, fu destinato a servir di cavalluccio alla signorina, per farla scorazzare, attaccato al timone intorno all'aia o lungo il sentiero che saliva per la montagna. E perchè la bimba si divertisse di più, la balia legava una cordicella al collo del ragazzino, e i due capi di essa eran tenuti come redini dalla bimba. Il contadinello, curvo per far forza di schiena, tirava affannosamente la cordicella e la corda gli segava l'epidermide del collo e gli lasciava i lividi su le spalle. Pur, talvolta si voltava a mezzo, non tralasciando dal tirare, per sorridere a quell'angioletto biondo, affondato nel rosso del velluto; e la fanciullina, percotendolo con una lunga frusta, gli gridava, scotendo le redini: — Arri, arri, cavalluccio: arri, arri, cavalluccio. — E lui a correre, imitando i nitriti del cavallo, a correre su per l'erta, ansante, molle di sudore, mettendo in mostra fra gli strappi della sudicia vesticciuola le carni livide, le costole magre e le gambette nude dalle ginocchia nodose.

Per più di un'ora durava quella fatica; poi la balia che seguiva da presso la carriuola, domandava. — Sei stanca, Bianchina? — Ma la Bianchina no, non era stanca; e allora giù frustate al cavalluccio, che talvolta, colpito alle spalle ed alle orecchie, si lasciava cader giù piangendo e non voleva andar più oltre, con gran dispetto della balia, la quale, in tal caso, doveva tirar lei la carriuola. Già l'aveva sempre detto, lei: come son testardi ed infingardi quei figli di mala femmina! La padrona avrebbe proprio fatto opera di paradiso se fosse stata un po' più severa con essi, i quali mangiavano senza far nulla il suo pan quotidiano!

Nell'ora di pranzo, la bimba era portata su, e Andrea, attaccato alla carriuola, restava sull'aia ad aspettarla. La bimba, appena in casa, diceva alla mamma. "Manda la biada al mio cavalluccio". E la baronessa, che, per dire il vero, era un cuore d'oro, dava alla balia, per gettarlo al fanciullo, un pezzo di pane nero raffermo.

— To', ranocchio, piglia — diceva la balia, gettando il pane dalla finestra al fanciullino, il quale aspettava, pizzicandosi il naso e giocherellando pensoso con la cordicella che gli pendeva dal collo.

A quindici anni la Bianca era una giovanetta bellissima, le cui spalle grassocce e il seno della prima pubertà sbocciavano fiorenti dalla vesticciuola scollata. Era già una donna fatta nel corpo, ed attendeva a divenirla nello spirito. Non scendeva più a fare il chiasso sull'aia, occupata come era a studiar musica e lettere: la sera, al tramonto, usciva a passeggio con la mamma e con la governante, e già aveva appreso a rispondere distratta ed infastidita al saluto ossequioso dei terrazzani.

Ad Andrea, cui la mamma era morta, era stato affidato un branco dell'armento. Qualche volta, la sera, nel tornar dal pascolo, menandosi le pecore innanzi, si incontrava, nello stretto sentiero che saliva per la montagna, con la giovanetta, la quale pareva non riconoscesse più nel giovine mandriano il suo instancabile cavalluccio di un tempo, anzi sentiva un certo disgusto per quel brutto pecoraio, il disgusto della farfalla per il bruco, del canarino per il pipistrello. Egli però, nell'incontrarla, si cavava goffamente il cappellaccio logoro e bucherellato dal tempo, e le fissava gli occhi addosso, seguendola con lo sguardo pensoso, finchè non vedea dileguar fra il verde dei castagni il biancheggiar delle veste di lei.

— Che vuole quel brutto muso? — diceva la balia che era rimasta come serva in casa dei signori di Montalto. — A questi figli di mala femmina non bisogna accordar tanta dimestichezza. Crede forse che la signorina Bianca sia la Madonna e si possa guardar così a lungo? Se la baronessa non ci bada, i suoi contadini non la terranno in nessun conto, da qui a poco. Oh, se fossi io la padrona!

L'inverno, la Bianca andava con la baronessa in città, in casa di un suo zio ricchissimo, di cui era l'unica erede; poi tornava in campagna più bella, più elegante, con qualche cosa di più signorile nei modi e nella persona. Talvolta la madre invitava ad una scampagnata le amiche e gli amici di città, e allora nella casa dei baroni di Montalto per più giorni, era un via vai di servi e, nel cortile, uno scalpitar di cavalli riccamente bardati. Per tutta la notte la casa risonava di voci, di canti, di suoni, mentre dallo spiazzo davanti la porta i contadini ascoltavano appuntando gli occhi per vedere dalle aperte finestre, vivamente rischiarate, i signori convitati rimpinzarsi di dolci e tracannar colmi bicchieri di liquori portati in giro da servi su vassoi di argento.

Anche essi però pigliavan parte alla festa, chè la baronessa faceva generosamente distribuire gli avanzi del pranzo imbandito agli amici, le croste dei pasticci, le lische dei pesci, le salse, i dolci raccolti e mescolati in un gran bacile. I contadini facevano le boccacce al sapore di quei cibi nuovi e strani, ma ingoiavano quella roba con una certa voluttà, per poter dire che anche essi, almeno una volta in vita, avevano mangiato cibi da signori.

Andrea se ne stava in un cantuccio dell'aia, solo e come sdegnoso, nè ci era stato mai verso di fargli accettare una crosta di pasticcio o una lisca di pesce da spolpare. Come cresceva negli anni, la sua natura vieppiù inselvatichiva. E ne diè prova un giorno in cui poco mancò che la baronessa, dimentica del voto, non lo scacciasse dal suo servizio. E non solo diè prova di selvatichezza; ma anche, quel che è peggio, di vigliaccheria. Pareva impossibile! Quel ragazzo li un vigliacco? Non era vero dunque quel che si narrava, cioé che la madre di Andrea era stata la druda di un bandito morto sul patibolo, dopo cinque anni di brigantaggio?

Dirò brevemente perchè Andrea era tenuto in conto di un vigliacco.

Un cugino della Bianca, bel giovane, elegante, ricco, sempre vestito come un gran signore, era venuto a villeggiare nella casa di campagna della zia, la baronessa. La sera, Bianca appoggiata al braccio di lui, passeggiava per l'aia, e mai più bella coppia di giovani signori aveva fatto risonare quelle campagne di voci festose e di risa. Lei era bionda, piccolina, flessuosa come un pino; e i coloni dicevano, a vederli l'uno accanto all'altra, che il Signore Iddio li avea creati apposta per unirli. Però Andrea, quando li incontrava, chinava gli occhi, salutando appena.

— Sai tu — disse un giorno quel giovane signore alla Bianca — sai tu che quel mandriano ha un viso da forca e mi guarda come un lupo guarderebbe un cane?

— Non badargli — rispose lei, distratta. — È selvaggio come una volpe. Anche a me fa paura quando l'incontro. Par che lo faccia apposta, l'ho sempre fra i piedi.

Un giorno il cugino della Bianca tornava dalla caccia. Cavalcava un puledro, restio al freno e quasi indomito. Scendeva al passo la stretta viuzza che finiva presso alla via dirimpetto la casa della baronessa; ed il cavaliere gli aveva abbandonato le redini sul collo e contemplava il mare lontano imporporato dal sole morente. Quando allo svolto di una via, un cane si avventò abbaiando alle gambe del cavallo, che fece un balzo e si diè a galoppo precipitoso giù per la montagna. Invano il cavaliere cercava frenarlo con la voce e le redini; però, vedendo in mezzo della via un mandriano che tornava all'ovile, si fe' cuore, sperando in lui un aiuto; ma il mandriano, che era Andrea, non si mosse, anzi si tirò da parte, e al giovine signore parve che nel passargli vicino, rapido come il baleno, il mandriano avesse incitato col gesto e con la voce il puledro che avea rotto il freno.

Quando fu sull'aia, due contadini si avventarono al morso del cavallo e giunsero a fermarlo. Il giovane balzò a terra.

— Chi è quel vigliacco — gridò — quel vigliacco di mandriano che non seppe venire in mio soccorso?

In quel momento giungeva Andrea menandosi innanzi le pecore. Il giovane signore corse a lui e gli diè due schiaffi, esclamando:

— To' così imparerai un'altra volta, brutto rospo!

Andrea ruggì di dolore e di rabbia, portò la mano alla scure infilata alla cinta, e con gli occhi rossi di sangue, coi denti stretti fra le labbra frementi, stava per avventarsi su quel giovane che l'aspettava con la mano alla rivoltella.

— Andate all'ovile, Andrea — disse una voce dietro di lui.

Egli si volse. Bianca era là che lo guardava. Ripose la scure nella cinta, raccolse il cappello e a lenti passi raggiunse le pecore nell'ovile.

— Dirò alla zia che lo scacci — disse il giovane. — Se tu non parlavi, quel furfante sarebbe stato capace di avventarmisi addosso.

La sera, i contadini sull'aia commentavano il fatto, e davano di vigliacco a quel bastardo di bandito che non aveva saputo esporre la vita per salvare un uomo, nè esporla per vendicare un'offesa.

— Sai che penso? — disse la vecchia balia ad una sua comare — ma, per carità, non dirlo a nessuno: penso che Andrea non è un vigliacco. Hai visto come gli luccicavano gli occhi quando era lì lì per avventarsi sul nipote della baronessa? E se la signorina Bianca non si fosse trovata proprio vicina a lui.

Poi sottovoce, chinandosi all'orecchio della comare:

— Io credo che quel figlio di mala femmina sia geloso.

Tre mesi dopo, una sera verso il tramonto, la Bianca si dirigeva sola, come era solita dopo la partenza del cugino, verso il sommo della collinetta dirimpetto alla casa.

Il sentiero saliva incassato fra due muricciuoli e si svolgeva tortuosamente pel bosco. Era l'unica via praticabile agli uomini ed agli armenti, e quel giorno ne eran passati di molti perchè si era alla vigilia della fiera di Rogliano.

La fanciulla saliva pensosa il senteruolo; udiva fra i castagni, sopra del muro, tintinnare i campanelli di un branco di pecore. Alzando gli occhi vide, su di un masso sporgente, ritto un mandriano, appoggiato al lungo bastone.

— Lui, sempre lui! — pensò la fanciulla. — Bisogna che assolutamente mia madre lo mandi via.

E continuò a salire. In quella un rumore strano, come di una massa che precipiti, misto a muggiti ed a scalpiti, le fece alzar gli occhi: poi dall'alto della montagna sentì gridare:

— Attenta! Largo! Fuggite!

E dal basso dell'aia, i contadini, che avevano visto ed inteso, gridavano anch'essi:

— Fuggite, fuggite, signorina Bianca!

Ella non sapeva qual pericolo le sovrastasse. Guardò in alto e retrocesse spaventata:

— Madonna mia, Madonna mia, sono perduta! esclamò.

Pel senteruolo incassato una mandra di buoi inferociti scendea rovinando in un confuso ammasso di teste, di corna, di zampe, fra un nembo di polvere. Dietro ad essa i boari, che avevano visto in mezzo della via la giovinetta, facevano gesti disperati, certi come erano di vederla in breve travolta e schiacciata sotto le zampe della mandra furiosa.

Ella si riscosse e cercò d'arrampicarsi al muricciuolo, ma non ne aveva la forza, nè sapeva dove metter piede, che il muro non offriva nè pietre sporgenti nè asperità alcuna per la salvezza di lei. Avrebbe voluto fuggire innanzi alla mandra precipitante, ma le tremavano per lo spavento le ginocchia. E mentre i contadini dal basso del sentièro facevano grandi gesti e urlavano per tentare di far retrocedere o di arrestare i buoi, mentre le contadine accorse alle grida ed al rovinìo piangevano strappandosi i capelli, — la baronessa, avendo visto dalla finestra in qual pericolo versava la figliuola, era scesa precipitosamente sull'aia, ov'era caduta in ginocchio, con la testa fra le mani, per non vedere l'orribile scena.

Intanto la Bianca, non riuscendo ad arrampicarsi sul muricciuolo, aspettava intontita dal terrore che la gran massa precipitante la travolgesse sotto le sue zampe. E già i buoi, i cui muggiti echeggiavano sinistri per la campagna, erano a pochi passi dalla fanciulla, quando un giovane mandriano balzò sulla via, afferrò la giovinetta con forza erculea, la sollevò fino al ciglio del muricciuolo e ve la tenne ferma.

— Afferratevi a quel castagno, presto!... — le gridò affannosamente.

Ella, per istinto, puntellò il ginocchio al margine del muro e si trasse su. Già il mandriano spiccava un salto per raggiungerla, quando i buoi gli furono sopra, l'urtarono, lo travolsero, continuando poi nella corsa disperata giù pel sentiero.

— È salva, è salva! — gridarono i contadini.

Un nembo di polvere nascose quei due agli astanti, esterrefatti: la mandria passò rapida, con gran rovinìo di pietre e con un muggito lungo e cupo.

— Ella è salva, ma lui sarà morto di sicuro — osservò taluno.

E la baronessa e i contadini si diedero a correre su per l'erta. Nel mezzo del sentiero giaceva un mandriano, coperto di polvere, insanguinato, con gli occhi chiusi e il volto livido. Sull'alto del muricciolo, la giovinetta, tuttora afferrata convulsivamente alle radici del castagno, guardava istupidita.

La baronessa per un viottolo che partiva dal basso dell'aia era corsa, seguita da coloni, e appena fu vicina alla figliuola, le si gettò al collo. La gioia di vederla scampata dal pericolo le avea tolto la parola, e come demente si stringeva al petto la sua creatura, interrompendo i baci e le carezze per ringraziare il Signore che l'aveva salvata da una morte cosi orribile.

— Farò dire cento messe a San Francesco di Paola, e voglio che tutti a casa mia digiunino nell'anniversario di questo giorno.

Giù, nel basso sentiero, i contadini fecero cerchio intorno al giacente, nel quale aveano riconosciuto Andrea; e nel vederlo immobile, pesto, col capo rotto e con una bava rossiccia sulle labbra, lo davano già per morto e lo contemplavano impietositi e con le lagrime agli occhi.

— No, l'avevo sempre detto che non era un vigliacco — diceva un vecchio contadino. — L'ho visto io scendere a precipizio giù dalla montagna, e saltar sulla via. Senza di lui, per la signorina Bianca era finita. Povero Andrea!

Verso la mezzanotte giunse il medico; atteso dalla baronessa chè lo guidò nella stanza della figliuola, giacente nel suo lettino fra le lenzuola e le coltri bianche come una spuma.

— Come vi sentite, signorina? — domandò il medico tastandole il polso.

— Ho un peso alla testa; le orecchie mi ronzano. Ma andate, andate da quel poveretto che ha più di me bisogno di cura.

— Che cuore d'angelo ha questa ragazza, non è vero, dottore? — esclamò la baronessa, che si chinò sulla figliuola, la baciò in fronte e le ricompose le coltri e i guanciali. — Riposa tranquilla, che verrò subito. Non ti impensierire; quelli lì, bimba mia, han sette vite come i gatti. Andiamo, dottore.

Andrea era stato portato nella stanza dei servi e l'avean messo a giacere su di un lettuccio di paglia. La stanza era rischiarata fiocamente da una lucernetta appesa ad un chiodo nel muro. Intorno al letto alcuni contadini discorrevano sottovoce, mentre una vecchia massaia bagnava con una pezzuola le tempie del morente.

Il medico seguìto dalla baronessa, si appressò al letto: un contadino staccò dal muro la lucernetta, e la sollevò in alto perchè la luce cadesse più viva sul giacente. Il dottore sollevò le coltri, osservò le ferite e le contusioni, volse e rivolse quel corpo inerte; vide che le orecchie stillavano sangue: poi, guardando la baronessa, strinse le labbra ed alzò le spalle:

— Non credo che si salverà — disse sottovoce: — c'è congestione cerebrale. Le ferite non son gravi, ma il coma è indizio di lesione interna e di travaso.

— O Signore Dio, da che pericolo hai salvato la mia figlia! esclamò la baronessa, giungendo le mani ed alzando gli occhi al cielo.

Un servo venne a dire che la cena era pronta.

La sera del terzo giorno, Andrea, che dalla mattina aveva aperto gli occhi, rantolava sordamente. Dissero alla baronessa che quel poveretto aveva poche ore di vita e che teneva gli occhi fissi alla porta come se aspettasse qualcuno.

La giovinetta, che si era rimessa dallo spavento e dalla febbre, ma era ancora pallida e stanca, chiese alla madre di accompagnarla nella visita al moribondo.

— Sei ancor debole, sei ancora malata, e devi evitare le commozioni. Così vuole il medico e così voglio io.

— Ma no, mamma, sarò forte. E poi pensa che in fin dei conti gli debbo la vita, e sarebbe una ingratitudine se non lo ringraziassi di quello che ha fatto per me.

Andarono. Nell'entrare, videro il moribondo coi segni della prossima morte sul viso. Al fruscìo delle gonne, aprì gli occhi e parve trasfigurarsi: i suoi sguardi velati s'incontrarono con quelli di Bianca che lo contemplava impietosita, mentre due lagrime le scendevano giù per le guance.

Poi il moribondo, con visibile sforzo, trasse un braccio fuori delle coltri, prese la mano della fanciulla e tentò portarla alle labbra; ma non ebbe la forza e la lasciò cadere.

— Andiamo via, Bianca — disse la baronessa; — noi abbiamo fatto il nostro dovere: Non risparmiammo nè il medico nè le medicine. Il Signore vuol così, sia fatta la sua volontà.

E presa pel braccio la figliuola, rimasta pensosa e con gli occhi fissi sull'agonizzante, la costrinse a rientrare nelle sue stanze.

Andrea morì nella notte. Al mattino fu chiuso in una cassa di abete che quattro contadini trasportarono al cimitero di Rogliano.

— Ha fatto bene a morire — dice la vecchia balia, quando le parlano di Andrea. — Quello lì aveva un brutto chiodo in testa!

IN CARCERE

Erano in sedici in uno stanzone umido, buio, dalle mura scalcinate, dal pavimento rotto e disuguale. Lungo le pareti due fila di letti; in un canto un barile ed altri recipienti luridi. In mezzo pendeva una lampada che si accendeva la notte e rischiarava lo stanzone di una luce pallida e gialliccia. Al capo di ogni letto, sulle tavole poggiate sui piuoli infissi al muro, fagottini, orciuoli, cestini sgangherati, bottiglie rotte, qualche paio di scarpe, qualche pane nero ed ammuffito. Sui capezzali, incollate al muro con pane ammollito, figurine di santi e di madonne.

In fondo alla stanza, dirimpetto alla porta, chiusa anche essa, oltre all'imposta in legno massiccia e inchiavardata, da un cancello che si apriva al basso appena da far passare un uomo carpone, era la finestra, più lunga che larga, difesa da grosse sbarre di ferro che s'incrociavano. Al di là, lo sguardo scorreva su i tetti delle case, fra i quali qua e là innalzavansi i campanili delle chiese con le banderuole al vento; dopo i tetti, la campagna verde, disseminata di casette bianche, fra i gruppi d'alberi sul declivio delle colline o a capo dei sentieruoli. Tra il verde le pozze d'acqua luccicanti, i ruscelli limpidi che scorrevano lungo i fossati, ed in mezzo il fiume gialliccio sul greto bianco fra due siepi d'alberi e di cespugli. In alto il sole splendido che copriva di luce quelle case e quelle campagne.

Dei prigionieri, alcuni sedevano sul letto con le spalle al pagliericcio abballinato, intesi alla lettura di un logoro libraccio; altri rammendavano i loro cenci o incollavano figurine su scatolette di legno. Due di essi, in mezzo alla stanza, seduti su sgabelletti, con le mani stese ad un tegame rotto mutato in braciere, con la pipa in bocca ed il cappotto gittato sugli omeri, discorrevano sottovoce. Nella penombra di quella stanza bassa ed umida quegli uomini sinistri avevan movenze angolose e atteggiamenti strani. Un raggio di sole passando fra le grate disegnava una striscia giallastra sul davanzale e si stendeva fino alla metà della stanza; su di esso si agitava il polviscolo biondo.

Un prigioniero sedeva sulla finestra con le spalle alla parete del davanzale e le gambe penzoloni. Fumava in una corta pipa di creta, con la fronte alle sbarre della grata, e di tanto in tanto alzava gli occhi per fissarli in una casa di contro, lontana un 30 metri dal carcere; poi li chinava per guardare al basso la sentinella, che, nel corridoio formato dalle mura del carcere e da quelle di cinta, andava e veniva dall'uno all'altro spigolo. Talora, sbadigliando, si fermava presso il casotto col braccio sulla bocca del fucile, contemplando le pietre del selciato in atto di chi rifletta; poi alzava gli occhi, e gli sguardi del soldato s'incontravano in quelli del prigioniero. Quei due non si conoscevano, pure erano e si sentivano nemici.

Il prigioniero sdraiato a mezzo sul davanzale era un uomo in su i quaranta anni. Aveva la barba ispida e brizzolata, le sopracciglia nere, folte, che si ricongiungevano; la persona tozza e le spalle quadre.

Era là dentro da un anno ed aveva vissuto come appartato dagli altri, che lo rispettavano per la sua forza ed il suo coraggio, di cui in più di un tafferuglio aveva dato prova.

Era taciturno, pensoso, triste. Quando gli altri cantavano, egli se ne stava come ingrugnito. Quelle canzoni gli facevano male. Di sicuro la vita del carcere non gli aveva fatto dimenticare, come agli altri, quella vissuta fuori, all'aperto, sotto il sole. La sera andava a letto appena sonava il silenzio, ma non dormiva: l'udivano voltarsi e rivoltarsi sul suo letticciolo di paglia; e ciò infastidiva i vicini che non potevano pigliar sonno per lo scricchiolìo delle tavole ed il fruscio della paglia. Pure non osavano lagnarsi, perchè lo temevano, quantunque ei non fosse un attaccabrighe; anzi gli altri carcerati, nelle loro liti frequenti, a lui ricorrevano come a giudice; egli con poche parole rendeva giustizia e spesso i contendenti si pacificavano. Nei tafferugli, quando gli sgabelli volavano per l'aria e i letti si mettevano sossopra per toglierne le tavole e farsene un'arma, egli, sempre sdraiato sul davanzale della finestra, guardava freddamente dapprima, continuando a fumare la sua pipa, ma poi, quando gli sembrava troppo accesa la rissa, balzava in piedi, si faceva largo fra i combattenti, acciuffava i più accaniti e distribuendo ceffoni e calci ristabiliva la quiete. Indi tornava al suo posto riaccendendo la pipa.

Quel davanzale era suo: lo doveva ai suoi pugni che gli avean fatto acquistare un certo ascendente su i suoi compagni. Se ne stava là al sole, alla pioggia, al vento, e nessuno osava contrastarglielo. Era arrivato a considerarlo come sua proprietà, e gli altri a poco a poco avevano riconosciuto il suo diritto.

Di rimpetto a quella finestra, lontana un 30 metri, c'era una casetta bianca con le persiane vedi. Agli angoli dei balconi alcuni vasi di tuberose e di garofani facevano sfoggio dei loro fiori bianchi e rossi, che si piegavano col loro stelo verso la via. Nei vani biancheggiavano le tendine di mussola, che s'appuntavano ad angolo nel sommo e scendevano allargandosi. Nella stanza di mezzo, il salotto, coi mobili ricoperti di fodera bianca, con le poltroncine ai due capi del divano; sopra una tavola rotonda e inverniciata un vassoio con le tazze e la caffettiera. Il resto del salotto si confondeva nella penombra; ma quando il sole era ad un terzo dell'orizzonte, un raggio di esso penetrava più addentro in quella stanza e si rifletteva in qualche specchio, nella cornice e nei vetri dei quadri, traendone lampe e luccichìi.

A destra ed a sinistra del salotto due stanze da letto; attraverso le cortine s'intravedevano i materassi abballinati su le spalliere di ferro. A capo ai letti alcune sacre immagini, una pila di porcellana per l'acqua benedetta, e un ramoscello di ulivo. Seggiole, ed armadi dalla vernice rossa e lucida s'intravvedevano fra le ombre, talvolta diradate da un raggio di sole.

In quella casetta modesta e pulita abitava la famigliuola di qualche impiegatuccio o di qualche negoziante a minuto.

Era però piena di grida e di festa. Tre fanciulli, due maschietti ed una bambina, cinguettavano, saltellavano, pispigliavano come uccelletti in quella gabbia bianca e pulita. Il loro chiasso aveva qualcosa del pigolìo dei pulcini che hanno il gozzo pieno, degli svolazzamenti dei passerotti sicuri dell'imbeccata. Si intravedevano nell'ombra di quelle stanze ove si rincorrevano, ruzzolavano, si ammucchiavano in un viluppo grazioso di braccia, di gambine, di testine dagli occhietti vivi e ridenti. Se ne udivano le voci acute ed allegre, alle quali spesso si univa qualcuna di pianto, ed allora vedevasi una donna bella e giovine, la madre, col grembiule rialzato, con le falde della veste annodate alla cinta, con le maniche rimboccate su le braccia bianche e grassocce. I piccini le si afferravano alle ginocchia con le testine riverse e gli occhietti vivi e dolci fisi in quelli della madre, che si chinava per cingerli tutti e tre con le sue braccia e per accostare al suo i visetti rosei e gentili dei fanciullini; poi tornava alle sue faccende. Talvolta i due maschietti venivano a lite per un balocco che cercavano strapparsi, mentre la bambina seduta in un canto piangeva fregandosi gli occhi; tal'altra uno di essi si rifugiava singhiozzando in un angolo, mentre gli altri due giocavano ridendo. A merenda, venivano a mettersi in fila presso il balcone, del quale non sorpassavano la balaustrata, e addentavano, guardando in giù, una fetta di pane che masticavano con la bocca piena. La bambina metteva nel suo grembiule le frutta che i fratelli cercavano rubarle destramente dapprima, poi facendole violenza, ed ella cercava difendersi stringendo al petto le cocche del grembiule, ripiegandosi e gridando lasciandosi cadere per terra, rotolando e mettendo allo scoperto le gambe grassocce e la schiena rosea e paffuta. Alle volte sedevano taciti e quieti sul davanzale del balcone, con le gambe tra l'inferriata, guardando attentamente i viandanti e battendo le mani ogni volta che passava un cane, o un cavallo a galoppo. Poi balzavano in piedi gridando e ridendo, chè da lontano avevan visto venire il babbo; e sparivano dal balcone per andare ad assieparsi alla porta di strada.

Il prigioniero, con la fronte alla grata, li guardava. In sulle prime i fanciulli, usi a veder sempre brutti visi fra quelle sbarre nere, non avevano badato a lui, ma un giorno che la bambina piangeva per un balocco strappatole dal fratellino, questi le disse, additandole quel viso barbuto fra le sbarre della prigione:

— Zitta, zitta, quello lì ci guarda!

Anche lui però non aveva saputo trattenere un certo tremito di paura nella voce. La bambina nell'alzar gli occhi si era fatta bianca bianca, e l'altro fratellino era rimasto anche esso immobile ed ammutolito. Tutti e tre erano come affascinati da quello sguardo fisso fra le palpebre nere, da quella faccia barbuta, di cui non vedevano il corpo fra le sbarre incrociate. Poi il prigioniero aveva visto accorrere la madre, fra le cui vesti i fanciullini erano corsi a nascondere la faccia, mentre la bimba, vieppiù stringendosi alla mamma, stendeva la manina verso quella faccia nera e barbuta.

— State queti e non vi farà male, — aveva detto la madre; se stasera non andrete presto a letto, se farete impertinenze a tavola, gli dirò che venga a punirvi.

I fanciulli mogi mogi avean chinato la testa, mentre la madre chiudeva le imposte del balcone.

Il giorno dopo, quando il carcerato tornò al solito posto sul davanzale della finestra, i fanciulli giocavano presso il balcone; però di tanto in tanto la bambina alzava timidamente gli occhi verso la grata. Allorchè lo vide, diè in un grido; egli cercò sorridere più dolcemente che seppe, e fe' un gesto amichevole ai fanciulli che sbigottiti scapparon via. Il prigioniero rimase lì tutto il giorno, aspettando invano di vederli ricomparire.

— Ho fatto loro paura — mormorò — ed han ragione... Oh se sapessero!

Il mattino appresso li rivide ma non fuggirono: però si fermavano spesso a mezzo dei loro giuochi, e sbirciando impauriti parlavano sottovoce. Il più grandetto crollava la testa, gonfiando le guance, sporgendo il musino, agitando le mani come fanno i fanciulli quando narrano qualche cosa di terribile; gli altri lo ascoltavano trepidanti, guardando di sottecchi quella faccia nera, che invano si sforzava di sorridere fra le sbarre del carcere.

Poi venne la madre. Prese in braccio la bambina e incominciò a baciucchiarla. Ella rideva contorcendosi, stirandosi sulle ginocchia della giovine donna, che sedeva su di una seggiola bassa presso al balcone; mentre gli altri fanciulli le facevano il chiasso intorno.

Era di estate; quella donna vestiva una gonnella stretta ai fianchi e una camiciuola, che nel chinarsi della giovine madre si apriva e ne metteva in mostra il petto bianco e pieno.

Il prigioniero guardava con la fronte ai ferri, con le mani avvinghiate alle sbarre. Uno dei fanciulli lo additò alla madre, che, con subito atto, ricompose la camiciuola e corse a chiudere le imposte.

Però quel prigioniero e quei fanciulli divennero amici; essi non fuggivano più vedendolo; il più grandetto si era arrischiato financo a fargli un cenno con la mano; il prigioniero aveva risposto ed aveva sorriso. Si erano avvezzati a vederlo sempre lì, con la fronte ai ferri e le mani alle sbarre, e non ne avevano più paura; anzi, quando egli prendeva la zuppa, o perchè chiamato alla visita non mostravasi alla inferriata, i fanciulli alzavano gli occhi interrompendo i loro giuochi per domandarsi:
— dov'è l'uomo?

Quando ricompariva, l'accoglievano con gridi di gioia, battendo le manine; egli sorrideva e salutava col capo. Fra quei fanciulli e quel recluso c'era come una intelligenza affettuosa; egli teneva dietro ai loro giuochi, ne rideva, si divertiva, parteggiava per questo o quello nelle liti frequenti, faceva loro il broncio, che si manifestava con uno sgranar d'occhi e con gesti d'impazienza e di collera. Pareva però che la preferita fosse la bambina, alla quale egli inviava i baci più sonori accompagnati dai sorrisi più carezzevoli. Un giorno, era salita su di una seggiola e si spenzolava dal balcone; stava quasi per cadere, quando egli die' in un grido di spavento acutissimo e si afferrò, scrollandola, alla inferriata; allorchè vide accorrere la madre, sospirò di sollievo. La madre prese in braccio la bambina e trattala dentro stava per chiudere il balcone; vide quell'uomo e gli sorrise; l'amore materno le aveva fatto comprendere che quel poveretto aveva tremato per la figliuola di lei: forse ne aveva inteso il grido, di sicuro ne vide lo sguardo dolce e carezzevole.

Ma il grido era stato inteso anche dai secondini, ed il poveretto fu punito, perchè non è lecito ai prigionieri parlar con la gente di fuori. Stette tre giorni in carcere duro. Quando ne uscì, tornò alla finestra. I fanciulli che non lo avevano visto da tre giorni, lo accolsero con gridi di gioia e battimani. Egli inviava loro baci e sorrisi tenerissimi.

Un giorno, un compagno si avvicinò a lui e gli disse ridendo:

—   Di' un po', fai l'amore con la madre o coi bambini?

—   Il prigioniero crollò la testa.

— Ho tre bambini anch'io, due maschietti, e una bambina. Avevo la moglie anche... Ecco...

E due lagrime gli scorsero giù per le gote.

Il compagno alzò le spalle e non ci capì nulla; non aveva nè figli, nè moglie. Accese la pipa e si allontanò mormorando:

— Che sciocco!

Una mattina, quel prigioniero fu chiamato per comparire avanti i suoi giudici. Aveva scalato la casa di un signore per derubarlo. Egli diceva che c'era stato spinto dalla miseria della sua famigliuola che moriva di fame; i bambini ammalati, la moglie ammalata, lui senza lavoro. Dovevano morir di fame dunque? A lui non dava il cuore di veder morire di fame i suoi figliuoli, e di fame e di febbre la moglie. Perciò, quasi pazzo, avendo visto aperta la finestra di quel palazzo, l'aveva scalata. Era stato sorpreso e non aveva opposto resistenza. Poi l'avevano trascinato in carcere... La moglie era morta, e i fanciulli, i suoi fanciulli... chi sa!... Il processo durò un giorno; l'avvocato d'ufficio disse belle parole, ma il suo cliente fu condannato a 20 anni di lavori forzati.

Tornò in carcere la sera, sull'imbrunire. Lo slegarono e lo spinsero carponi per la stretta porticciuola della prigione. I compagni erano a letto. Nel mezzo dello stanzone ardeva fiocamente la lampada. Sulle tavole del letto trovò la minestra fredda ed il pane. Con un gesto fe' cadere pane e scodella e stette immobile.

I compagni, immersi nel sonno, russavano.

Sotto le mura la sentinella gridava "all'erta"; il grido ripetuto faceva il giro del recinto e a poco a poco si affievoliva. L'orologio del carcere batteva le ore e gli squilli acuti si perdevano per lo spazio silenzioso. Pel corridoio passavano i secondini agitando il mazzo delle chiavi — poi di nuovo silenzio. Gli altri carcerati intanto russavano, voltandosi e rivoltandosi su i lettucci, di cui facevano scricchiolar le tavole e frusciar la paglia. Verso la mezzanotte entrò un secondino preceduto da un gran cigolìo di catenacci e da uno stridor di cardini: si diresse verso l'inferriata, ne aprì le imposte e battè su i ferri dal basso in alto, dall'alto in basso, traendone tintinnii sordi e lunghi, colpi or secchi, ora strisciati ed ora con un tal ritmo lamentoso. Di fuori, la città dormiva sotto un bel chiaro di luna, che si rifletteva, inargentandoli, su i vetri delle case. In quel chiarore bianco e diffuso le fiammelle dei fanali lungo le vie apparivano come punti rossi.

Anche la casa dirimpetto al carcere dormiva. Il prigioniero si volse lentamente, e attraverso l'inferriata, mentre il secondino continuava a battere, vi fissò lo sguardo.

— Dormono — mormorò. — Ed essi? chissà! come i cani in mezzo alle vie... forse son morti come la madre, e sarebbe meglio. Poi riprese, dopo un istante di silenzio:

— Non mi hanno voluto credere, non hanno voluto credere nemmeno all'avvocato! Forse non hanno avuto figliuoli morenti di fame, quelli lì!...

Il secondino continuava a battere su i ferri. Sulla città silenziosa si spandevano quei tintinnii sinistri, lunghi, come gemiti striduli, come urli di dolore: parea che tutta la gente rinchiusa in quel carcere si fosse fatta a quella grata per gridare imprecando, digrignando i denti e scotendo le sbarre.

Il prigioniero pensava.

— I fanciulli di quel signore avevano pane bianco e begli abiti e letticcioli caldi, e i miei no — non avevano che paglia raccolta per le vie. Tremavano pel freddo, piangevano di fame. Zitti, che la mamma è ammalata! Ma sì, andate a dir zitti allo stomaco vuoto! E il parroco dice che Dio c'è per tutti? Sicuro, Dio c'è per i ricchi... Io non ci credo, a Dio.

Il secondino, dopo aver di nuovo strisciato col mazzuolo sulle sbarre che fremettero squillando, chiuse le imposte; poi, visto quel prigioniero seduto sulla sponda del letto con la testa china e le mani fra le ginocchia, gli disse:

— Ne avrai per vent'anni, eh? Non è poi troppo. Via su, va' a letto.

— No — rispose lui.

— Fa' come vuoi, ma non disturbar gli altri. — E se ne andò; il mazzo di chiavi che gli pendeva dalla cintola tintinnava: la porta del carcere stridette su i cardini, i catenacci cigolarono, scattò la molla della serratura: poi silenzio.

Il prigioniero rimase tutta la notte là, con la testa sul petto e le mani fra le ginocchia.

Una domenica, si chiamò il condannato in direzione. Gli si disse che allora allora doveva partire pel bagno.

Tornò alla sua prigione per far fagotto delle sue poche robe. Si accostò alla finestra e guardò verso i balconi dirimpetto.

I fanciulli non c'erano.

— Non li vedrò più! — disse lui.

Dei compagni di stanza, alcuni sedevano su la sponda dei letti, leggendo in certi libracci sucidi e laceri, altri incollavano figurine di carta su scatolette di legno; due o tre fumavano intorno a un tegame rosso con pochi carboni accesi. Quando die' loro l'addio nessuno si mosse: lo seguirono con gli occhi finchè lo videro chinarsi per passare carpone sotto il cancello; poi, quando questo si rinchiuse, tornarono ai loro discorsi ed alle loro faccende. Nel corridoio due carabinieri aspettavano il condannato; gli fecero stendere i polsi, che strinsero in un cerchietto di ferro a vite poi si avviarono.

Era una bella mattina di inverno: c'era il sole sull'orizzonte azzurro, un sole limpido che si stendeva su tutti i tetti rossi e su le mura bianche delle case. Era una domenica; uno scampanìo continuo e festevole si era udito fin dal mattino e la gente traeva in chiesa ad udir la messa. Il condannato, con la testa china e i pollici stretti dalla vite, passava, fra i due carabinieri, in mezzo alla folla che si fermava a guardarlo. Allorchè giunse presso la casetta di quei fanciulli, la luce intensa lo abbagliava, quella gente freddamente curiosa lo indispettiva.

Quando fu quasi dinnanzi, si fermò; aveva visto ritti sullo scalino della porta i tre fanciulli vestiti a festa: aspettavano la mamma per andare in chiesa. La bambina aveva un vestitino rosso guernito alla scollatura di un giro di pelliccia bianca e le scendeva un po' più su delle ginocchia. Le gambette tornite e dritte erano calzate di rosso: in alto fra la veste e le ginocchia appariva la trina delle mutande. I maschi vestivano da marinaio. Tutti e tre tronfi nei loro abitucci di festa, s'impazientivano, gridavano alla mamma di far presto a scendere: la bambina stendeva la gamba per ammirare lo stivalino giallo allacciato fino alla caviglia.

Quando il prigioniero passò loro vicino, la madre scendeva le scale: si sentiva il fruscìo dell'abito di seta; poi comparve. Era bella e gentile nel suo abito scuro con largo fisciù di pelliccia a metà del petto ben rilevato. Rimase ferma per calzare un guanto, raccomandò ai fanciulli che non le si stringessero attorno per non sciuparle i rigonfi del vestito. Il prigioniero si fermò a guardarli, cercando di sorridere, ma una lagrima gli tremava sul ciglio e quel suo sorriso era più amaro di un singhiozzo. I fanciulli, che non lo riconobbero, n'ebbero paura, e si strinsero alla madre.

— Cammina — gli gridarono bruscamente i carabinieri.

Egli chinò il capo, poi sollevando le due mani strette ai pollici si asciugò una lagrima.

Piove, piove da due giorni. Serpeggia fra i massi il fiume biondo e scroscia sordamente. Pei fianchi delle colline corrono i ruscelli spumosi, gli alberi s'ergono immobili sotto la pioggia. La nebbia pesa su i monti; qua s'addensa, là si sfiocca, si frastaglia, ondeggia lieve. Dal cielo plumbeo vien giù la pioggia a fili lunghi, continui. Le colline che fiancheggiano il greto, qua nereggiano, là son tinte di verde; le foglie morte le tappezzano di rosso. Lontano, le montagne della Sila ergono fra la nebbia cenericcia le loro creste bianche.

E il fiume, sotto la pioggia continua, va biondo e scrosciante verso il mare. Pure sembra immobile. È da vent'anni che lo veggo così: l'ho visto sempre così, or più in là or più in qua delle rive, come cercasse riposo su quello o questo fianco, ma sempre lo stesso, sempre lo stesso serpente biondiccio. Eppure quanta acqua, in vent'anni, ha versato nel mare! Ed è là, sempre lo stesso.

Quando ero fanciullo andavo cogli altri fanciulli a fare alle pietre o a raccogliere le more selvatiche lungo i pruneti delle sue rive; era il nostro campo di battaglia, era il nostro deserto ove ci sentivamo padroni e signori, era il nostro amico che ci accoglieva volentieri nelle sue onde giallicce. Le nostre grida echeggiavano per le colline che gli fan siepe, il nostro chiasso copriva il suo murmure dolce e lieto; nell'està, guazzando nudi nelle sue onde, ne turbavamo il corso, ne deviavamo la corrente; ingombravamo di macigni, rotolati dalle nostre piccole braccia, il suo letto; affidavamo alle sue onde le nostre barchette di carta, i ramoscelli divelti, i fiori raccolti lungo le siepi. Esso li trasportava chi sa dove, continuando nel suo murmure dolce e lento. Ora non più chiasso di fanciulli, non più allegre risate di monelli lungo le sue rive, non più ramoscelli, non più fiori; eppure egli va, va sempre biondiccio verso il mare; mormora sempre la sua canzone malinconica. Egli no, non muta: siamo noi che abbiamo mutato; è sempre uguale, sempre bianchiccio il suo greto, son sempre biondi i suoi flutti! E quanti amori, quanti affanni, quante gioie, quante amarezze son passate pel nostro cuore! — e il nostro cuore è mutato. Dove è più il nostro cuore di fanciulli? Ma il mio bel fiume è sempre là, immobile come era vent'anni or sono.

Però anch'esso ha le sue collere: le collere son gli accumuli dei dolori, delle disillusioni, delle amarezze; son gli infiltramenti nel cuore della bile che poi straripa, irrompe, scoppia. Ed anche lui straripa, irrompe, e si fa scuro e mugola e gonfia e minaccia e atterra e travolge tutto ciò che tenta fargli ostacolo. Il suo murmure si muta in fragore di tuono; le sue onde tranquille in cavalloni irrompenti, che spezzano, che rodono, che strappano, che schiantano. Sulle sue onde galleggiano come fuscelli gli alberi enormi strappati alle montagne; lungo il suo letto rotolano i massi precipitati dai burroni. Le mura, per massicce che siano, si aprono e crollano. Il ruscello biondo e tranquillo si è mutato in devastatore nero e inesorabile — perchè egli è stanco, egli è gonfio — come alle volte il cuore è stanco di dolore e gonfio di bile.

E la pioggia continua lenta. Dove sono gli uccelletti che cinguettavano nell'està scorsa? Dove sono le allodole che si ergevano dritte al cielo, trillando? Non una nota, non un trillo per l'aria cenericcia. Le casette qua e là disseminate pel colle e pel piano, son chiuse: dai tetti veggo elevarsi alcune bianchicce nuvolette di fumo. Sul focolare dei contadini brilla un allegro fuoco di sarmenti: è la sola allegria di quella casa; il resto è nero e triste. Essi son là, attorno al fuoco, silenziosi, raccolti. Dicono che io sia troppo tenero dei poveri contadini, ed essi intanto non lo sanno che ci è qualcuno tenero di loro, e li studia, e li compassiona, e li ama; e credono che non ci sia nessuno al mondo che pensi a loro, nessuno che li osservi in queste solitudini malinconiche, ove nascono e muoiono come gli sterpi, non curati o temuti forse per le punture. E mentre scrivo di loro, pensano che io sia accanto ad un buon fuoco, su cui bolle una pentola di buon brodo; che sulla mia tavola da lavoro vi sia una bottiglia di vin generoso: pensano che per me la pioggia, la quale li toglie alla fatica e a loro toglie un giorno di pane, sia un buon pretesto per starmene a casa a crogiolarmi accanto al fuoco e divertirmi, leggicchiando nei libri, o tracciando segni su di un foglio di carta. Eppoi io son venuto da lontano, da un luogo dove non piove mai, dove ci è sempre sole che sfavilla, dove non si soffre, non si ha freddo, non si ha fame; dove i signori, perchè signori, han quel che vogliono; ad essi intanto, cui pur piacerebbe starsene accanto al fuoco, ed udir narrare le belle fiabe, questa pioggia continua e fredda toglie un giorno di pane.

Oh! non me ne fate un torto, io amo i miei contadini. Essi, poverelli, non ne san nulla, e non ne sapranno mai nulla. Un libro scritto per essi varrà sempre meno d'un mozzicone di sigaro o di un bicchiere di buon vino. Vorrei che voi lo provaste il passaggio repente dalla vita di città, di una grande e bella città, alla vita di campagna, per sentire come io ne sento tutta la impressione dolorosa. Dolorosa? no dolorosa, malinconica. Quattro casette, confuse fra la nebbia, che veggo qua e là disseminate pel bosco, pel piano, pei colli, sono abitate da povera gente per la quale non teatri, nè feste, nè lusso. Ci avete mai pensato a questo, che se non ci fosse il contadino non ci sarebbe il signore? Eppure è una cosa semplicissima. Avete mai pensato che se non ci fosse il contadino che coltiva i campi, e fa germogliare le biade, e fa impinguar le pecore e i buoi che poi dan le carni succolente, il latte bianco, le lane morbide — quella splendida signora, dal volto bianco, dagli occhi lucenti, dalla persona flessuosa ed elegante, vestita di seta e di velluto, ornata di piume e di gemme, su cui, come la luce attrae la luce, parea si ripercotessero i cento lumi di un teatro o di una festa, e che noi abbiamo tante volte ammirata in un palchetto di primo ordine, e ne abbiamo mormorato il nome nobilissimo; quella signora non potrebbe far sfoggio di quelle gemme, di quelle sete, di quelle piume, se dugento contadini per lei non lavorassero sotto il gelo, la pioggia, il sole, se per lei non morissero di fame e di stento? E quella signora non sa neanche il nome di quei contadini che muoiono coltivando i poderi di lei. Ci avete mai pensato a questa verità semplicissima?

Ed è venuta la notte e non piove. Ora fischia pei castagni la tramontana; susurrano fra le ombre le alte cime della foresta. Laggiù, nella valle, il fiume si è fatto nero, e va strisciando come serpente nero, sul fondo bianchiccio del greto, fra i massi muscosi. Nei casolari, qua e là pei campi, brilla fiocamente qualche lume. Silenzio solenne. La campagna dorme; dormono nella stalla i buoi; nell'ovile le pecore strette l'una all'altra dormono anche esse affondate sul fieno. Silenzio. Il povero Domenico è moribondo: forse morrà dimani: lo ha detto il medico stasera, il medico condotto che va in giro con la sua magra rozza pei casolari dei poveri terrieri. La sorella dell'agonizzante, in ginocchio presso alla sponde del letto, prega per l'anima di lui. A me nella mia stanzetta giunge monotono e lento il mormorìo delle preci. Il povero Domenico morrà di certo domani.

Nell'altro casolare a destra della mia casina — quello ove agonizza il povero Domenico è alla sinistra — nell'altro casolare, la famiglia dei contadini è raccolta attorno al fuoco, silenziosa. Quelle due famiglie per vent'anni han coltivato insieme l'istesso fondo, poi alcuni dissapori nacquero fra esse, ed ognuna badò al suo pezzo di terra. Ora che il povero Domenico è moribondo, non si pensa più ai crucci, nè ai malumori, si pensa al vuoto che quel disgraziato lascerà in casa sua, a due braccia vigorose di meno, ad un buon lavoratore che lascerà sole tre sorelline ed una vecchia nonna.

E dire che fra quelle due famigliuole si era combinato un matrimonio! Domenico doveva sposare l'Agata; che ora, se ne sta rincantucciata accanto al fuoco, con gli occhi gonfi di lagrime e colle mani intrecciate sulle ginocchia. Ma l'Agata non aveva voluto saperne; amava invece un giovine mugnaio, che l'aveva piantata ed era partito per la Sicilia. Poi era ritornato ed avevano ripreso i vecchi amori.

Il povero Domenico taceva, e sì che li sorprese più volte insieme, sulla montagna! Un giorno dello scorso ottobre pioveva da una settimana, ed il fiume portava grosso, il mugnaio era in mezzo alla corrente e raccoglieva i rami trasportati dal fiume, quando fu sorpreso dalla piena e travolto. L'Agata, dalla riva, si strappava i capelli e forsennata si gettava già nel fiume per salvare il suo promesso: ma Domenico l'avea prevenuta; in men che il dico si era tolto le vesti ed era corso in aiuto del naufrago che invano tentava opporsi alle onde, e cercava afferrarsi agli sterpi, e cercava puntellarsi ai macigni rotolanti anche essi. Domenico gli giunge vicino, l'afferra pei capelli e, ora affondando, ora ergendosi di tutta la persona sulle onde, ora battuto dalle acque che gli spumavano scrosciando intorno, ora percosso da un ceppo massiccio che lo faceva rotolare, squilibrarsi, ricadere, per tornar di nuovo a galla con erculeo sforzo, trascinando sempre pei capelli il naufrago, tocca la riva fra i contadini corsi per dargli aiuto, fra i parenti del salvato che gli si stringono attorno ringraziandolo, benedicendolo. Il giovine mugnaio, stordito, inebetito, giaceva disteso sul sommo del sentieruolo che scende al fiume. L'Agata con le mani giunte, con le lagrime agli occhi, guardava Domenico fradicio, pesto, sgraffiato, ma forte, ma bello, che rivestiva tranquillamente i suoi panni, come se avesse fatta l'azione più semplice di questo mondo. Curioso: gli sguardi di lei erano fissi sul salvatore, non sul suo promesso, che se l'era cavata con un bagno e che già rinveniva e balbettava parole di grazie. Pensava forse ai torti che ella aveva con lui; pensava che egli l'amava a segno da far tacere l'odio, la gelosia, e le salvava l'amante, e glielo riconduceva sano e salvo dopo averlo conteso alle onde furiose del fiume.

D'allora fu notata una certa freddezza fra l'Agata e il mugnaio, ed una certa cordialità fra le due famiglie, fra quella dell'Agata e quella di Domenico. Non potevano dirsi tornate all'amicizia di un tempo, ma pure scambiavano qualche parola, toglievano in prestito scambievolmente qualche arnese. Solo Domenico non piegava; evitava di scontrarsi con l'Agata, evitava di guardarla quando sentiva gli occhi di lei fissi su di lui; tornava indietro quando la vedeva ferma sul sommo del sentiero; fingeva di non sentire quando ella, passandogli vicino, gli dava la buona sera. Ella era diventata triste, non rideva più, non cantava più la sera sull'aia, quando il suo fidanzato strimpellava sulla chitarra. Questi poi era come imbarazzato nell'incontrarsi col rivale, suo salvatore; era come umiliato di dover la vita al suo nemico; e si era accorto che l'Agata non l'amava più, che l'Agata, quasi quasi, l'odiava. Pure non facea motto. Insomma, ognuno di quei tre celava un mistero nel cuore. Un giorno il mugnaio giunse financo a dire, indispettito per una sgarberìa dell'Agata:

— Quasi quasi avrei preferito di morire annegato!...

Ed aveva accompagnato le parole con un gesto d'ira ed aveva finito con una bestemmia. A tutto ciò Domenico pareva estraneo: attendeva ai suoi affari di campagna, serio, tacito; tornava la sera a casa e sedeva accanto al fuoco, nè, per quanto le sorelle il pregassero, anche quando era bel tempo, aveva mai voluto scendere sull'aia. Preferiva occupare il tempo nell'intrecciar graticci di vimini, chiovare sgabelletti di legno, e in altre facendo utili. Talvolta, quando giungeva a lui la voce dell'Agata, alzava la testa, stava per poco silenzioso e immobile, e poi tornava a dar martellate con più forza, e con più fretta a intrecciar le ingraticciate. Or fa un mese, tornando da un pezzetto di campo dall'altra parte del fiume, vide ferma al principio del sentiero l'Agata, che aveva deposto un fastello di rami secchi, vi si era seduta, ed aspettava il contadino. Non c'era da pigliare altra via e gli era forza passar per colà. Continuò il cammino come se non si fosse accorto della fanciulla: quando le fu vicino, questa s'alzò:

— Insomma, Domenico — gli disse, fissandolo in volto, mentre egli si era fermato e teneva il capo basso — insomma, se tu mi vuoi come mi volevi un tempo, io sarò felice di essere tua moglie.

— Sposa il tuo mugnaio, Agata — rispose lui — te l'ho salvato apposta.

— Ma io non lo voglio, no, non lo voglio. Quel giorno, quando lo vidi tanto debole, tanto vile, trascinato dal fiume, vinto dalle acque, mentre tu forte, tu audace l'afferrasti dai capelli e lo trascinasti alla riva; quando egli smorto, sfinito, giaceva sul suolo ai tuoi piedi, e tu, senza guardarlo, senza guardarmi, ripigliavi i tuoi abiti come se non fossi allora allora uscito da un pericolo di morte, mentre ancora il fiume era là gonfio, scrosciante, terribile, io compresi che il mio uomo eri tu. Mi vuoi tu, Domenico?…

— Sposa il tuo mugnaio, Agata. Tu l'hai amato, egli t'ama. Sposa il tuo mugnaio. Addio.

E si era avviato per la collina col suo solito passo, senza fermarsi, senza voltarsi. Agata lo seguiva cogli occhi, immobile, silenziosa. Poi s'era rimesso sul capo il fastello di rami secchi, mormorando:

— Non mi vuole più, ed ha ragione. Aspetterò.

Ed aspettava; quando una mattina seppe che Domenico non era andato al lavoro e che era a letto, ammalato. Un resto di malumore fra le due famiglie non permise alla Agata d'informarsi sul vero stato di lui. Poi venne il medico, il quale crollò il capo e ordinò non so che medicine: tornò dopo due giorni e dichiarò che Domenico era ammalato di tifo: infine lo diè per spacciato. Ora il poveretto giace sul suo misero letticciuolo, presso al quale le sorelle e la vecchia nonna mormorano le preci dei moribondi.

Gli ho mandato un pezzo di pane bianco; gliel'ha ordinato il medico. Quando si vuol dire che un contadino è spacciato, si dice: — l'han messo a pane bianco! — Si diventa ghiottoni in punto di morte: si vuol la leccornìa, si vuole il cibo squisito, si vuole andare al mondo di là con la bocca dolce; il contadino che muore, vuol gustarla anche lui questa ineffabile felicità del signore, del ricco, del "galantuomo", un pezzo di pane, bianco come neve, leggero, poroso, morbido, rosolato nella crosta. Per tanti e tanti anni si è cibato di pane di lupini, di orzo, di castagne, duro, pesante, secco, aspro, che scortica la bocca, che fa male ai denti, e che pesa come piombo sullo stomaco. Sarebbe curioso se un giorno quei tali contadini che lavorano e muoiono coltivando i campi di quella splendida signora, da noi ammirata nei teatri e nelle feste, la obbligassero, tanto per ridere, a mangiare per un giorno il loro pane! Mi passano alle volte strane fantasie pel cervello! Penso che diverrebbe quel bocchino roseo dai dentini bianchi, dalla lingua piccola e rosea come quella d'un passero, quel bocchino dall'alito profumato, dalle labbra sottili, umidi, che han tanto baciato e che furono tanto baciate! Non so pensare senza inorridire a tale supplizio! Fortunatamente, a quei poveretti non passerà mai pel capo una simile fantasia.

Come è buia la notte, come è silenzioso il buio!

Le colline d'intorno si disegnano come masse d'ombre. Il fiume scroscia laggiù in quell'ammasso di tenebre. A capo del sentiero che serpeggia per la montagna splende una fiammella. È la lampada che arde innanzi alla cappelluccia della Madonna, anch'essa ammantata nelle tenebre. È la sola luce in questo buio, luce rossa, tremolante, sinistra.

L'hanno accesa in sull'avemaria le sorelle del povero Domenico e si sono inginocchiate mormorando la preghiera dei moribondi. Anche la vecchia nonna ha voluto trascinarsi là, per pregare Maria. La vecchia nonna, poveretta, se li è visti morir tutti, ad uno ad uno, prima il marito, poi il figlio, padre di Domenico, poi la nuora, ed anche Domenico, tanto baciato, tanto sgridato; ed ora ricorda quei baci e pensa che non gliene darà più, ricorda quelle sgridate e ne ha rimorso. Ed è rimasta lei sola, ad ottanta anni, stanca, cadente, coi capelli bianchi, ed ella non muore, no, perchè il Signore vuol farglieli soffrire tutti i dolori, tutti. Sia fatta la sua volontà! Anche l'Agata si è inginocchiata con esse ed ha pregato. Se l'avesse vista il povero Domenico, con le mani giunte, con gli occhi molli di lagrime! Ma il povero Domenico giace supino sul suo letticciuolo di paglia, e fra poche ore avrà perduto quel soffio di vita che ancora gli resta.

E la fiammella tremola nella sua lampada di vetro, e un raggio confusamente rischiara il sommo del sentiero. Dicono che colà, a mezzanotte, si dan convegno le anime dei trapassati. Io guardo, guardo e non veggo nulla! È mezzanotte, l'ora delle feste, dei teatri, della vita chiassona ed allegra delle grandi città. La luce del gas bacia le spalle a metà scoperte delle signore; echeggiano per le sale sfavillanti le note armoniose di una lieta musica: sotto un'onda di luce elettrica cinquanta belle donnine con le ricche forme scolpite dalle maglie carnicine intreccian balli in un turbinìo di colori sfavillanti. È l'ora in cui è assordante lo stridor delle ruote, lo scalpito dei cavalli sul lastrico delle vie cittadine; è l'ora in cui i caffè scintillanti di lumi, di riflessi da cento specchi, rigurgitano d'una folla di gaudenti: l'ora in cui si ama. Qui è l'ora sinistra del buio silenzioso.

Guardo dalla mia cameretta, da questo nido di gufo sul sommo della montagna guardo in quel punto ove brilla la lampa innanzi alla Madonna, e non veggo nulla, non veggo i fantasmi che colà si dan convegno. E curioso! qui, solo, mentre a pochi passi da me un uomo muore e laggiù fra le tenebre scroscia il fiume, non oso ridere dei fantasmi; e dalla mia cameretta, per la socchiusa imposta della finestra, volgo trepidanti gli occhi a quel sentieruolo, delineato da due siepi, che spiccano sul nero della montagna: contemplo con certo stringimento di cuore quel punto rossiccio lassù, e mi aspetto veder muovere le ombre bianche, i fantasmi lievi come nebbia danzar la ridda attorno alla cappelluccia. Com'è buia la notte, com'è triste e silenzioso il buio!

Il povero Domenico è morto. Stamattina all'alba ho inteso delle grida acute e il nome del morto ripetuto fra scoppi di pianto e di singhiozzi. Poi a poco a poco le grida cessarono, in un lieve mormorìo di preghiere misto a pianto sommesso.

Sono sceso nell'aja deserta. Sull'uscio del casolare di Domenico ho visto seduti tre o quattro contadini, stretti nei loro mantelli, col cappello sugli occhi, immobili. Sono gli amici del defunto. Nella stanza del tugurio, intorno al letto, le donne del vicinato sedute sul pavimento o inginocchiate mormoravano il rosario. Più in là, presso al capezzale, le sorelle del morto con i capelli sciolti, arruffati, coi gomiti sulle spalle del lettuccio, singhiozzavano ad intervalli e ne ho visto sussultare ad intervalli il corpo.

La vecchia nonna non piangeva. Era seduta sul solito cantuccio accanto al focolare e aveva gli occhi dalle palpebre bianche, aperti, sbarrati fissi sul cadavere del nipote. In mezzo al letto, colla testa sullo sdrucito guanciale, supino, con le mani in croce, con gli occhi socchiusi e spenti, giaceva il povero Domenico. Non aveva ancora venti anni: era forte, vigoroso, col collo massiccio, le spalle grosse e quadrate, il petto largo e poderoso; ed è là freddo stecchito, immobile. A' piedi del letto avevano acceso due mozziconi di candele, che splendevano rossicce nel buio della stanza.

L'Agata era in canto, quasi raggomitolata su sè stessa, accosciata sul pavimento, col capo coperto d'un panno nero, coi capelli, sparsi pel viso, con gli occhi umidi di lagrime. Il mugnaio è venuto anch'esso: si è accostato al morto, e cavandosi il cappello, si è chinato per baciarlo in fronte, poi è corso dalla vecchia nonna e le ha baciato la mano. Quando entrai là dentro, nessuno se ne accorse; solo la vecchia nonna si scosse: il suo Domenico mi voleva un gran bene. Io mi sentiva come oppresso là dentro, e son tornato nella mia stanzetta.

Non piove più, ma il cielo è pur sempre cenericcio. Il fiume continua a svolgere le sue acque scroscianti lungo il greto, fra i macigni, i cespugli, i gruppi di alberi. La nebbia bianchiccia copre le colline circostanti, le cime dei castagni spuntano qua e là fra la nebbia. Vapori grigiastri corrono portati dal vento di collina in collina. Rapido passa qualche uccello in cerca di ricovero. Tutto ciò è ben triste.

Son tolto alle mie riflessioni da voci acute, da pianti disperati, da singhiozzi strazianti. Veggo trascinare quasi a forza fuori della loro casa le sorelle e la nonna del povero Domenico. Il povero Domenico deve esser chiuso nella bara che han portato dal villaggio. Han condotto le donne nel casolare vicino, e nella stanza del morto non son rimasti che gli amici e i becchini. Sono sceso anch'io. Han preso il povero Domenico per la testa e pei piedi e lo han messo a giacere in quella cassa. I piedi uscivano un po' fuori, e han pigiato i piedi perchè il coperchio chiudesse bene. Ho guardato intorno. Il mugnaio è là che guarda, addossato alla porta, anche lui, in segno di lutto, col mantello ed il berretto sugli occhi. Agata è là anch'essa. Non è di famiglia, quindi non l'han fatta uscir fuori. E là, accasciata, immobile. Quando sulla cassa han messo il coperchio, Agata si è scossa; quando ha intesa la prima martellata ha trasalito, poi è scoppiata in un pianto sommesso. Come siam cattivi e come restiam freddi allo spettacolo di un uomo che muore! Io guardo l'Agata e penso che è bella, che ha il corpo come scolpito e i capelli castagni, morbidi, che le scendono a ciocche sul viso e sugli omeri. I becchini han compìto l'opera loro: la cassa è inchiodata; il povero Domenico può dormire in pace là dentro!

L'Agata intanto si è accostata al mugnaio: io ne ho inteso le parole.

— Giovanni, noi non potremo essere marito e moglie; io rimarrò zitella; ti ho trovato la moglie che ti conviene.

— Ci ho pensato — rispose lui, senza muoversi.

— Forse ci siamo incontrati nell'istessa idea. Quel poveretto ha lasciato tre sorelle ed una vecchia nonna. Esse morrebbero di fame, anzi esse morranno di fame. Tu a quel povero morto devi la vita?

— Sì, è vero!

— Ebbene, sposa una delle sorelle, la Maria per esempio. È buona e tu lo sai che gli angeli la vorrebbero per sorella. Quel poveretto che giace là — e in ciò dire le si velarono gli occhi di lagrime ed ebbe come un groppo di pianto in gola — quel poveretto che giace là è stato sempre onesto, ed ha amato sempre gli onesti. Amava molto le sue sorelline. Sposa dunque Maria e avrai pagato il tuo debito.

— Sì, hai ragione: sposerò la Maria.

Poi tacquero. Io son tornato commosso nella mia stanza, con una gran tenerezza nell'animo.

Veggo un corteo di contadini avvolti nei mantelli e coi cappelli sugli occhi, pigliar la via della montagna. Portano al camposanto del villaggio la bara del povero Domenico.

Piove di nuovo: il cielo è cupo: la pioggia viene giù a fili lunghi e continui. Il fiume scroscia tra i massi ed i cespugli.

M'han chiesto un lavoretto allegro, da leggersi dopo cena e dopo pranzo, un lavoretto che faccia allegre le belle donnine.

Eccovi il lavoretto allegro, che ho scritto in un nido di gufo, sul sommo di una montagna, mentre il fiume scroscia e la pioggia cade.

Vallone di Rovito

PAESAGGIO TRAGICO

La casetta è bianca coi tetti rossi. Agli angoli dei tre balconcini, vasi di fiori ed erbe odorose. È posta all'estremità del paese, talchè è la prima se venendo dalla montagna si entra in città, l'ultima se da questa si va a quella. Nelle colline a destra e di rimpette, si distendono, salendo fino al sommo, le case ed i palazzi, fra i quali si ergono, con le banderuole al vento, i campanili. In alto, il castello screpolato e muscoso; presso al castello il convento, bianco fra il verde dei pini.

La casetta è fiancheggiata dalla via che si eleva sulla diga del fiume, il quale vien giù dai monti di rimpetto, poi, appena in città, devìa formando un angolo. Nell'angolo havvi il ponte cui mette capo la via, affollata nel sabato da contadini che vanno al mercato o ne tornano. Nel balcone di mezzo di quella casetta, siede, quando ci è il sole, un vecchio. È alto, magro, stecchito; rughe profonde s'intrecciano sul viso smunto, nel quale brillano due occhi dalle palpebre orlate di rosso. Si avvolge in un pastrano di panno nero; un gran cappello di feltro gli copre il capo e da sotto il cappello escono alcune ciocche di capelli bianchi dai riflessi argentini. C'è una grande dolcezza negli occhi e nella bocca di quell'uomo, che con una mano sulla balaustrata del balcone, la testa sulla mano, guarda per ore ed ore in un punto della campagna.

Quel vecchio è un sacerdote.

A sinistra della casetta, circa ad un trar di pietra, incomincia il greto, quasi sempre a secco, del torrente di Rovito, accavalcato anche esso da un ponte. Di là, il torrente sale fra due colline verdi: da sotto il ponte si vede a poco a poco restringersi, salendo, quel greto, finchè lontano lontano appare come angusta fessura tra le montagne. Dirimpetto ed assai lungi, ove il cielo par che si abbassi, i monti della Sila, dai fianchi scuri e dalle creste bianche, si elevano giganti. A 360 metri dal ponte, havvi un acquedotto, il cui grande arco unisce le due colline. Alle basi dell'arco crescono folte vegetazioni di erbe parassite che si arrampicano, si intrecciano, e alcune spingono in alto i loro steli e tappezzano delle loro foglie le muraglie muscose e stillanti. Tra il ponte e l'acquedotto, il greto si allarga e le colline scendono con dolce pendìo coltivato a grano ed a legumi; qua e là, fra le erbe verdi, elevasi qualche alberetto dal tronco rugoso e dai rami contorti. Siepi, steccati, muricciuoli dividono il greto dal terreno coltivato. Sulle siepi, sui muricciuoli, su gli alberetti, le lavandaie sciorinano i panni che ondeggiano lievi al soffio del vento: le capre, inerpicate su le balze, brucano l'erbe con un monotono tintinno di campanelli, mentre fra due massi, sdraiato, il pastore caccia note spaventose dal suo fischietto. Le lavandaie, curve su le sponde del fiume, battono i panni e cantano.

Il luogo è deserto: inondato di sole è malinconico, ammantato di tenebre è sinistro. La notte, quel greto che sale fra le colline, sembra il lungo corridoio nero di una casa fatta di tenebre, di cui l'arco dell'acquedotto sia la porta. Da quel corridoio scende giù sibilando il vento dalla montagna e mugola e rugge e geme e si lamenta e va a percuotere furioso la città dirimpetto. La città dorme, ma quel vallone veglia. Vi guizzan fiammelle rapide, vi splendon chiarori fugaci, vi si odono voci indistinte e sinistre, frulli d'ale, latrati sordi, schianti di rami, rovinii di massi, cui succedono lunghi e paurosi silenzi. — Al mattino, tornano le lavandaie a sciorinare i panni al sole, tornano le capre a inerpicarsi su le balze, torna il pecoraro a rompere i silenzi melanconici con le note del suo fischietto.

Quando il temporale nereggia ed imperversa su la montagna, da prima a ruscello con lieve murmure, poscia a torrente con gran fragore scendono le acque, che vanno col loro impeto, con la loro ira ad accrescere l'impeto e l'ira del Crati. Da lungi la gran massa fangosa e rossiccia, stretta fra le due sponde, si gonfia e ribolle precipitando; strappa i cespugli e le siepi, spezza e travolge gli arboscelli, rode e precipita i muricciuoli, rotola i massi enormi, e qui, ove è più angusto il greto e robusta la ripa, striscia spumando e rombando; là, dove il greto è più ampio, si allarga fragorosa, finchè di nuovo raccogliesi per passare strisciando, gonfiando e spruzzando in alto la spuma rossiccia, sotto il ponte che trema e risuona cupo all'urto poderoso, e talvolta anche esso battuto a breccia precipita e sparisce sotto l'acque, che ne divelgono e via trascinano i massi e riempiono gli archi di fango e di arene. Poi, a poco a poco, le acque si abbassano, le ire si calmano, cessa il fragore, ed un lento ruscello, avanzo del torrente impetuoso, scorre per breve tempo, lambendo con dolce murmure le colline davastate e il ponte rotto e cadente. Tra il ponte e l'acquedotto, ove il greto si allarga, a ridosso di una collinetta coltivata a legumi, sorge una colonna con una croce in cima. La croce è rôsa dalla ruggine, la colonna è rôsa dalle piogge e dal tempo. Una siepe la divide dal greto. Su quella colonna e su quella siepe spesso le lavandaie sciorinano i loro panni.

L'arco dell'acquedotto si delinea come l'arco di un palcoscenico. Al di là di quell'arco si rappresentarono tragedie terribili e sanguinose, le quali ebbero per scenario gigantesco e solenne le montagne della Sila, che attraverso quell'arco si veggono delineare nell'orizzonte; per palchi, le colline che fan ripa al torrente, ove la folla prendeva posto; per platea, il greto tra il ponte e l'acquedotto. Erano attori il carnefice ed i condannati a morte. Tutta notte, al buio di quel vallone, ci era stato un affaccendarsi di ombre, un martellar sordo alla luce rossa delle fiaccole. Pochi passi al di là di quell'arco, si ergeva una piattaforma, sulla piattaforma un ceppo, sul ceppo un cerchio, sul cerchio due assi tra le quali scorreva una mannaia. La mannaia, assicurata in alto con una corda, era tersa, forbita, spalmata d'olio. Al mattino l'opra di quelle ombre era compiuta, nera, formidabile, sul fondo verde delle dietrostanti montagne, e la mannaia in alto, fra le assi, scintillava come argento.

La gente a poco a poco veniva a prender posto sul greto, sul ponte, sulle colline. Si assideva sui sassi, sui muricciuoli, con gli occhi fisi su quel palco. Susurrava, discorreva, rideva. Già uno degli attori era salito sulla piattaforma ed aspettava. Vestito di rosso, con le braccia nude e pelose conserte al seno, con le gambe accavalcate, con l'aria di chi aspetta e si annoia, si appoggiava ad una delle travi di sostegno. Di tanto in tanto rispondeva un po' brusco ai più vicini che gli chiedevano spiegazioni e che s'interessavano alle sue risposte. Ma gli spettatori si impazientivano: i monelli si rincorrevano. Il sole splendeva in alto; la città dirimpetto riguardava. Pareva un grande occhio bianco senza pupilla.

Poi dalle carceri vicine si udiva uno squillo di campana a morto; era segno che la rappresentazione incominciava. Un fremito correva per la folla; l'uomo rosso si apprestava a far la sua parte, si scoteva, si aggirava qua e là pel palco. Da sopra il ponte vedeasi scendere un corteo; due fila di soldati, in mezzo un uomo livido vestito di nero, sostenuto per le braccia da due secondini. Presso all'uomo livido vestito di nero, un prete che teneva alto un crocifisso e mormorava non so che parole; poi la confraternita della Morte con una gran croce di metallo lucente che si elevava su tutti, e il sole traeva scintille da quella croce e da quella mannaia.

La folla si apriva silenziosa; il corteo, giunto all'arco dell'acquedotto, si divideva in due ali: il palco era in mezzo. La croce, tenuta alta da uno dei confratelli, splendeva irraggiata dal sole, rimpetto al palco. Quell'uomo livido e nero era spinto su per la scaletta, sostenuto dal prete, tirato su per un braccio dal carnefice, spinto dai secondini, si trascinava sulla piattaforma.

Il cerchio sul ceppo si apriva; il carnefice, stringendo con le braccia robuste il condannato, lo costringeva a chinarsi, a piegare il collo, a posar la testa in quel cerchio che si racchiudeva. Il prete, in fondo del palco, con gli occhi fisi sul crocifisso, mormorava le preci dei defunti: le campane della città sonavano a mortorio: il sole, in alto, sul cielo azzurro, traeva scintille dalla mannaia e dalla croce.

Poi l'uomo rosso snodava la fune assicurata od un chiodo della piattaforma: un lampo bianco guizzava dall'alto in basso, un tonfo sordo si udiva, una testa di qua, un corpo di là cadevano tra fiotti di sangue. Quella testa, presa pei capelli, era mostrata al popolo silenzioso da quell'uomo rosso che aveva le braccia e il viso macchiati di sangue: poi quel corpo che ancor torcevasi, quel capo che apriva e chiudeva le palpebre, digrignava i denti e pioveva sangue dalle carni sfilacciate del collo, erano gittati in una cassa. Fra il cerchio, in luogo di una testa, striata di sangue vedevasi la mannaia.

E da lontano la città guardava come un grande occhio bianco senza pupilla.

Oggi quel luogo è deserto. Il sole malinconico di ottobre lo rischiara coi suoi raggi gialli. Sull'alto delle balze alcune capre brucano l'erba: laggiù le lavandaie battono i panni sulle pietre del fiume e cantano. Sotto l'arco dell'acquedotto passa qualche contadino fumando la pipa di creta e menandosi innanzi l'asinello. L'arena morbida e gialliccia del greto smorza il rumore dei passi; ma il silenzio è rotto dal fischietto del pecoraio, triste anche esso. Si ode sommesso e ad intervalli anche un canto; vien dalle finestre del carcere, chiuse da sbarre incrociate, attraverso le quali s'intravvedono facce sinistre, barbe nere e folte, occhi che lampeggiane. Al basso, un soldato col fucile al braccio passeggia. Poi il canto tace, il fischietto tace: il greto del torrente sale silenzioso su per le colline verdi e va a perdersi lontano lontano, ove incontra, come immensa barriera, le montagne della Sila.

Quel vecchio scarno e bianco, con tanta dolcezza negli occhi e nella bocca, che seduto sul balcone della sua casetta, guarda pensoso e raccolto quella colonna, quella croce, quel letto di torrente, è il sacerdote Beniamino De Rose.

Il 25 luglio 1844, dove ora sorge quella colonna, alcuni giovani, che la storia ricorda col nome dei fratelli Bandiera, si schierarono baldi e sicuri innanzi una fila di soldati commossi, ma costretti ad uccidere. E mentre la folla piangente li contemplava; mentre la città, che pochi giorni innanzi aveva visto uccidere sei dei suoi figliuoli, ricordati appena dalla storia, ma gloriosi ed eroici anche essi, guardava dall'alto delle colline come un grande occhio bianco senza pupilla, essi, col petto ai fucili spianati, cantavano:

Chi per la patria muor vissuto è assai!

e a mezzo del verso cadevano fulminati, col petto rotto, con la testa forata, là, su quel greto, ove ora sorge una colonna ed una croce.

Quel sacerdote, in carcere, ne aveva raccolto le ultime parole: li aveva accompagnati dal carcere al luogo del supplizio, parlando loro di Dio, della patria e della dolce madre lontana. Attraverso le lagrime li aveva visti sorridere quando i fucili si spianarono; li aveva visti, tra una nuvola di fumo, cader fulminati e sanguinanti. Quando fu solo con quei morti, li aveva baciati in fronte come fratello a fratello: e per 22 anni aveva custodito gelosamente in cuore gli ultimi voleri, gli ultimi saluti, le ultime parole di quei giovinetti. Nel 1866, quel sacerdote, fatto vecchio, aveva affrontato i disagi di un lungo cammino per visitare la vegliarda madre di quei morti, per portare a lei, sconsolata, i ricordi, i saluti degli eroici figliuoli, i quali alle parole di quel vecchio rivissero agli occhi della madre, come alla vista della madre rivissero agli occhi di quel vecchio.

Ora quel sacerdote è là, sul balconcino della sua casetta, e guarda pensoso e raccolto quel memore luogo.

Forse favella coi morti delle miserie dei vivi!

LO STENDARDO DI S. ROCCO

In verità non aveva torto chi diceva, che Stella, la figliuola di Massaro Giovanni, era la più bella ragazza del villaggio; mai sotto tovagliuola di tela si era delineato volto più leggiadro, avean sorriso labbra più rosse, aveano raggiato occhi più neri; mai corpetto azzurro di contadina avea stretto seno più tornito e vita più snella, e mai gonna rossa a mille pieghe aveva nascosto forme più ben fatte. E non era soltanto la più bella, ma anche la più ricca ragazza da marito, e molti galantuomini che vestivano giamberga non avevano di patrimonio quanto ella aveva di collane, di orecchini, di anella. Massaro Giovanni, ricco come era, non aveva smesso i calzoni corti, la giacca di fustagno e le grosse scarpe dalle suole ferrate, ed era rimasto pur sempre contadino nel lavoro, nell'abitudine e nella parsimonia. Però non aveva voluto che la figliuola andasse a lavorare nei campi, a sarchiare, a mietere, a battere il grano, o a raccogliere le castagne; ond'era cresciuta con un non so che di signorile nella persona delicata, e il cibo abbondante, le vesti calde e l'agiatezza della casa paterna avean contribuito a far di lei la più vezzosa fanciulla del villaggio.

E perchè bella ed anche perchè ricca, molti mosconi le ronzavano intorno. La notte, nella stradicciuola sotto le finestre di lei, era un continuo strimpellar di chitarre, un continuo vociar di canzoni: si diceva financo che il figliuolo del sindaco ne fosse matto, ma a chi gliene tenne parola massaro Giovanni avea risposto:

— Meglio pancia piena e tovagliuola di tela, che stomaco digiuno e cappellino di velluto.

Ed alludeva, in dir ciò, alle cattive condizioni finanziarie del sindaco, le cui figliuole spendevano e spandevano in abiti, in nastri, in fronzoli e in cappellini, mentre per più giorni dell'anno la pentola non bolliva sul focolare; e a chi gli veniva consigliando di pensare al lustro che a lui, contadino, sarebbe venuto da un parentado con signori, massaro Giovanni rispondeva:

— Il marito di mia figlia deve avere polsi da domare un toro e schiena da sollevare un carro. Io son massaro e mia figlia ha da sposare un massaro. Del resto il marito glie l'ho bell'e trovato, è inutile consumar più oltre i ciottoli della via e assordar l'aria con canzoni. Ci vogliono altro che canzoni per beccarsi la dote e la figliuola!

E infatti, ci aveva pensato al marito. Un suo cugino, ricco quanto lui, e più di lui forse, per una eredità di fresco conseguita, aveva un figliuolo, tornato da poco dall'esercito ove avea servito nei bersaglieri e si era congedato col grado di caporale. Quando tornò al villaggio col suo berretto rosso, col suo abito azzurro cupo, attillato alla persona robusta e ben fatta, con le mostre rosse sulle maniche, con quei due baffettini a punta e quell'aria di saputo e quel piglio altiero un po' sprezzante, attenuato da un sorriso di affettuosa protezione, ben presto divenne il giovinetto più ammirato dalle ragazze, per la sua bella e forte figura di bersagliere, cui accrescevan grazia la disinvoltura di modi e di linguaggio, e quel suo accento forestiero quando diceva: "Ciao, bimbe" tra una boccata e l'altra di fumo del suo lungo virginia; dai giovani, perchè ei ne sapeva tante, ne contava tante ed era forte come un toro e destro come un giocoliere. Un giorno nella piazzetta innanzi la chiesa, avea dato un saggio di ginnastica e di scherma col bastone, e i contadini erano rimasti a bocca aperta nel vederlo correre, arrampicarsi, saltare, che parea, come essi dicevano un gatto indiavolato; far mulinelli, calar giù colpi, far finte, raccocciarsi, distendersi con tanta grazia e con tanto vigore; sicchè, quando si seppe che la figliuola di massaro Giovanni era fidanzata a Peppino il bersagliere, nessuno trovò a ridire, e i più ostinati a consumare i ciottoli della via e ad assordare, la notte, l'aria con canzoni, smisero dalle loro pretese, tanto più che Peppino il bersagliere aveva pugni solidi ed era tacco da farsi rispettare.

Però, fra i giovani del villaggio, uno, un tal Ligiuzzo, boscaiuolo, parea covasse un odio sordo contro il bersagliere. I motivi, si pettegolava nel paesello, eran due: uno palese, l'altro, il vero, nascosto. Ligiuzzo e Peppino erano un po' parenti e tutti e due i nipoti di un tal Ciccotto, che morendo aveva lasciato il suo avere, circa mille ducati, una ricchezza, al padre di Peppino. Massaro Cola, il padre di Ligiuzzo, contadino litigioso, cocciuto e nella sua giovinezza molto manesco e accattabrighe, si era messo in testa che il cugino avesse falsificato il testamento di Ciccotto, e qui una causa innanzi ai tribunali, andata molto per le lunghe, e infine massaro Cola ebbe torto e dovè pagare le spese e risarcire i danni: una rovina. Fu costretto a vendere la masseria, il castagneto, l'orto, i buoi, e non gli rimase che la casa, sicchè per la sua cocciutaggine si ridusse povero in canna. Immaginate quindi quale odio covassero quel vecchio e quel giovane per coloro che erano stati causa della loro rovina.

Era questo il motivo palese; ma ce ne era un altro occulto. Ligiuzzo, che era un bel pezzo di giovane, crebbe insieme alla figliuola di massaro Giovanni, e avean fatto l'amore sin da quando, bambini, si rincorrevano per l'orto o sedevano fra i cespugli sgranocchiando le spighe del granturco. Poi, massaro Giovanni, cugino del padre di Peppino il bersagliere, nell'affare del testamento era stato citato come testimone ed avea dato torto a massaro Cola, che se l'era avuto a male ed aveva proibito al figliuolo di porre piede in casa di quel Giuda venduto di massaro Giovanni; e questi aveva dichiarato alla figliuola che l'avrebbe data in moglie al diavolo, ma non al figlio di quel calunniatore senza vergogna di massaro Cola, e, forse, per dispetto, combinò il matrimonio con Peppino il bersagliere, con gran dolore della giovinetta, perduta d'amore per Ligiuzzo. I due giovani avevano continuato nel loro affetto, che contrariato, si era accresciuto a mille doppi, quantunque disperassero, perchè, troppo vive erano state le offese, ed anche perchè Ligiuzzo era troppo povero per superare gli ostacoli che impedivano la loro unione.

La gelosia e l'odio per Peppino il bersagliere battagliavano sordamente nel cuore di Ligiuzzo, e già nel paesello si prevedeva che quell'affare lì sarebbe finito male. Se Peppino era forte e coraggioso, Ligiuzzo non gli cedeva nulla, all'occorrenza se le avrebbe saputo vendicarsi le corna o cacciarsi le mosche dal naso. Si temeva che nella ricorrenza della festa di San Rocco, patrone del villaggio, i due rivali — che nei giorni di lavoro come erano dall'alba al tramonto nei campi, non avevano occasione d'incontrarsi — si sarebbero trovati a fronte, in un giorno che ad onore e gloria del santo, il vino si tracanna a barile e la pancia piena di cibo fa corrivi al sangue. Di più si diceva che Peppino il bersagliere aveva detto che anche lui avrebbe incantato allo stendardo, il quale da anni ed anni era stato portato da massaro Cola per 12 tomoli di grano, e nessuno aveva mai osato di offrir di più, nessuno, nemmeno quando massaro Cola aveva ceduto il suo diritto al figliuolo Ligiuzzo. Ciò sarebbe stato un grave sfregio, e ognuno sa quanto sangue han fatto scorrere nei paeselli del Calabrese, i così detti incanti, che consistono nell'offrire un prezzo, in danaro o in derrate, per aver il diritto di portare, nelle processioni, la statua del santo, lo stendardo o la croce; dritto che appartiene a chi offre di più, ma che talvolta è ereditario in una famiglia. Il sindaco, cui erano giunte quelle voci, impensierito, invece di due aveva fatto venire quattro carabinieri, che, fin dalla vigilia, andavano in giro pel paesello, con la rivoltella al fianco e le manette nello zaino.

Così stavano le cose, la vigilia di S. Rocco.

Dopo le cerimonie religiose che precedono la festa, i contadini erano tornati nelle case e, disposto il tutto per la solennità del domani, si erano coricati.

Il paesello dormiva. Ligiuzzo, scavalcata la siepe che divide dalla strada maestra l'orto di massaro Giovanni, si appressò alla scaletta che mette capo al ballatoio e die' un fischio acuto e sottile, poi stette in ascolto. Nell'ombra, la sua forte figura di montanaro spiccava come scolpita. Fischiò di nuovo, rodendosi dalla impazienza, poi tese le orecchie, aguzzò gli occhi, chè gli era parso di vedere aprirsi la porticina del ballatoio e di sentire il cigolìo dei cardini.

Infatti, prima la testa, poscia la persona di una donna si sporse fuori la balaustrata di legno, ed una voce sommessa si udì:

— Sei tu, Ligiuzzo?

— Sì, scendi.

— Aspetta ancora un poco. Mamma stanotte non so che abbia; si volta e si rivolta pel letto. Aspetta che si addormenti.

La porticina si rinchiuse; il giovane rimase immobile col braccio sui gradini della scaletta e gli occhi fisi nel vuoto a sè dinnanzi. Sul dorso dei monti lontani volavano lievi fiammelle che sparivano per riapparire più in là. Giù nella vallata, in fondo alla strada maestra, con sordo murmure scorreva il fiume fra il gracidìo delle ranocchie. Lontano, latrava un cane da pastore; lieve un pispiglio si udiva fra gli alberi dell'orto, poi silenzio. Dalla campagna, turgida di umori, un'aria calda si elevava con profumi acri di erbe e di frutta.

La porticina si tornò ad aprire; una figura di donna apparve esitante nel vano della porta che si rinchiuse pian pianino; poi, sostando ad ogni gradino, quella figura si die' a scendere la scaletta. Ligiuzzo l'aspettava trepidante con le braccia tese e soffocando il respiro. Quando l'ebbe vicino, dicendole con voce commossa come un mormorìo:

— Credevo che non venissi stanotte.

— E perchè? — domandò lei, tuttora tremante.

— Perchè quando son solo, lontano da te, a me pare che tu non mi voglia più bene, e allora ho certi impeti di gelosia...

— Senti, Ligiuzzo,— interruppe lei, — tu con tali sospetti logori l'anima tua e non sai quanto male fai a me. Ma di che puoi dubitare? Di me? E non vedi che sono qui, sola, affrontando ogni rischio? Eppoi te l'ho giurato in chiesa, ai piedi del nostro glorioso protettore S. Rocco, di esser tua... e ti pare che vorrei perdere la salute dell'anima col venir meno al mio giuramento?

— Ah, sì, tu dunque mi ami perchè lo hai giurato a San Rocco! — disse lui con un sorriso di amarezza.

— Come sei cattivo, ora, tu! non eri così un tempo; son le disgrazie che ti han fatto così e che hanno inasprito il tuo carattere... Ma infine che vuoi che faccia? Lo so bene quel che vorresti da me... vorresti che io non lo vedessi più quel giovinastro che mi hanno destinato a marito. Ma gli posso chiudere la porta in faccia se mio padre se lo tira in casa a pranzo, a merenda, a cena, e mamma si diverte tanto nel sentirlo discorrere? o che la casa e mia? o che sono io la padrona? Pure non gli risparmio gli sgarbi, le cattive parole, e lo sa Dio quante me ne tocca sentire, poi, da tata e da mamma! Davvero, sei proprio ingiusto con me ed anche ingrato, sì, ingrato!

E con la cocca del grembiule si asciugava le lagrime che silenziose le scorrevano giù per le gote.

— Sì, — rispose lui, che fisso in un pensiero non si era accorto del pianto di lei; — sì, dici bene tu, ma se sapessi che tormenti soffro quando lo so vicino a te, e me lo immagino seduto a te dappresso, nel focolare, a mensa, e ti parla e ti sorride e ti guarda e ti carezza con lo sguardo e ti considera già come cosa sua... suoi quei tuoi occhi, sua quella tua bocca, suo il tuo corpo, tutto suo... e forse, malcreato come egli è, ardisce... Se tu sapessi, quando son solo, sulla montagna, costretto a vangare la terra per pochi soldi e talvolta anche quella che mi appartenne... quando veggo quella casetta ove crebbi, quegli alberi che tata piantò nell'istesso giorno del mio nascimento, quei buoi che or fa un anno erano miei, che nacquero nella mia stalla, e che quando mi incontrano par che mi guardino coi loro occhioni come se volessero dirmi tante cose... se tu sapessi che tormenti allora! E tutto ciò per colpa di quel falsario di massaro Peppe, di quel ladro! Se tu vedessi tata, poveretto, come è ridotto.... dicono che la colpa è sua, che non doveva litigare; ma, per la Madonna! ci rubavano il sangue nostro, e dovevamo anche star muti e reverenti? Eppoi chi poteva mai credere che tuo padre ci facesse una testimonianza contraria e che si trovassero di tali giudici da darci torto? Ma infine, mi sarei rassegnato; povero, morto di fame; ma se tu avessi diviso il mio pane di castagne e la mia scodella di cavoli, non ci avrei pensato più e sarei vissuto contento. Ma no, il padre mi ha tolto i mille ducati di zio Ciccotto, ci ha fatto vendere il castagneto, l'orto, la masseria, i buoi... ed il figliuolo mi toglie la fidanzata, e quando mi vede mette di sghembo il suo berretto rosso, s'arriccia i baffi e mi ride sul muso! Io glielo farei in mezzo al petto un buco rosso, ma verrà, verrà il mio giorno... Per Gesù Cristo, io sono stato sempre un buon figliuolo, e tu lo sai, non ho fatto male neanche ad una mosca; il maestro, quando andavo a scuola, mi voleva un bene dell'anima, perchè ero studioso, educato e imparavo presto e bene; ci rispettava, ci stimava ognuno, perchè un piatto di minestra, un tozzo di pane, un bicchiere di vino non fu mai negato a nessuno... e intanto, noi nella miseria, e quegli usurai, che prestano con l'interesse a carlino, quelli lì ricchi, contenti..., Per lo Signore, Stella, certe volte il sangue mi monta alla testa; un giorno o l'altro finirà male, finirà male, come è certo Dio!

Ella lo ascoltava con gli occhi bassi e lagrimosi. Quando tacque, gli si strinse al petto, dicendo con accento tra il corrucciato ed il supplichevole:

— No, Ligiuzzo, no, questo non lo devi pensare, non lo devi dire, e non le devi nemmeno esagerare le cose, nè credere che massaro Peppe ed il figliuolo vogliano attaccar briga con te, che anzi ne han parlato sempre con stima in casa mia. Di tuo padre non dico; e invero, poi, litigioso lo è, e la lingua l'ha bene affilata. Tutti dicono che nell'affare del testamento ebbe torto, e per lui massaro Peppe stette tra ventinove e trenta per andare in galera come falsario. Quale colpa ha lui se si difese e se suo padre, incaponito, si fe' mangiar vivo dagli avvocati? Siamo giusti.

Egli saltò su, svincolandosi dalle braccia di lei: — Ah, proruppe, — tu li difendi! ah, tu dài ragione a quegli infami che non onoro nemmeno del nome di briganti, perchè questi rischiano la pelle benedetti siano! Ed è questo il tuo affetto? è questa la tua fede? son queste le tue promesse? Già, sicuro, ad albero caduto, accetta accetta, dice il proverbio; ma io, vedi, io te lo scanno quel figlio di mala femmina... Mettilo bene in mente, tu con lui non ci andrai alla chiesa, chè se fa d'uopo, vi accoltellerò anche innanzi al Santissimo Sagramento!

— Ma che ho detto, Madonna mia? ma che ti salta in testa? —gli veniva dicendo la giovinetta fra i singhiozzi e le lagrime. — Vedi come l'odio ti fa ingiusto? te la pigli anche con me, e davvero non me lo merito il tuo sdegno, no, non me lo merito... Vedi, son qui, fa' di me quel che vuoi, ma non rimproverarmi più. Se tu sapessi quanto ne soffro per te, quanto ne soffro.... e il tuo sdegno per giunta! Proprio la Madonna mi vuol punire dei miei peccati, mi vuol punire!

E singhiozzava con la testa fra le mani. Egli la contemplò a lungo, rabbonendosi a poco a poco; poi le sollevò la testa, le asciugò gli occhi, dicendole con voce carezzevole:

— Via su, perdonami non pianger più, perdonami, ti dico! Tu poi non sai tutto, se sapessi tutto mi daresti ragione. Dimani è San Rocco, e mio padre ebbe sempre l'onore di portare lo stendardo nella processione. È una devozione di famiglia, e quando eravamo ricchi, al ricolto, i primi 12 tomoli di grano si mettevano da parte per la nostra offerta nel dì degli incanti. L'anno scorso, in cui tata cedè a me il suo diritto, Dio sa come li raggranellammo...: Quest'anno, vuoi che ti dica tutto? tata che vecchio, logoro dalle afflizioni, tata ha lavorato come un cane quest'anno, si è privato di tutto, del fuoco, della minestra, del pane, per mettere da parte i 12 tomoli che occorrono dimani, capisci? e l'ho visto io, quel povero vecchio, andar digiuno a letto per non togliere neanche un acino a quei dodici tomoli! E dimani quello lì oserà soperchiarci con le sue ricchezze male acquistate che gli permetteranno di offrir chi sa quanto... E non sarà un'infamia questa, di', non sarà un'infamia! Per la Madonna del Carmine che ci protegge e mi ascolta, domani gli darò tanti colpi di coltello per quanti acini di grano avrà offerto di più quel cane rognoso.

Ella cercava di calmarlo.

— Ma no — gli diceva — ma no, non lo credo capace di tanto, non oserà.

— Oserà, oserà, vedrai. Egli, perchè finora sopportammo in pace le sue e le ingiurie di suo padre, ci crede più vigliacchi di una pecora; ma domani troverà lupi con le zanne aguzze, e se lo mangeranno vivo, te lo giuro su questa croce.

E baciò su le dita incrociate. Ella allora si alzò risoluta; lo prese per il braccio e gli disse:

— Senti, Ligiuzzo, è tardi e debbo risalire, che mamma e tata possono svegliarsi e allora povera me; ma io ti fo una promessa, a patto che tu me ne faccia un'altra. Ti prometto che se il figlio di massaro Peppe dimani oserà mancare di riguardo a te ed a tuo padre, e vincerà nell'incanto, dimani notte, all'istess'ora, io sarò qui e ti seguirò ove tu vorrai; ma tu giurami che sopporterai in pace l'offesa, giuralo, che anche io son pronta a giurare.

Egli restò perplesso.

— Tu esiti — continuò lei, — ma sei tu, dunque, che non mi ami. Infine che importa a te dello stendardo, quando io in cambio ti offro tutta me stessa? È una devozione, ma san Rocco lo sa che tu e tuo padre avete fatto del vostro meglio, e non ve ne terrà in colpa. Giura dunque.

— Ma — balbettò lui — e mio padre? A lui non posso dire del patto che mi obbligherebbe a sopportar le offese con rassegnazione, chè quel vecchio, io lo conosco, sarebbe di tutto capace.

— Tuo padre col tempo si persuaderà e sarà anche soddisfatto, della vendetta; se quello lìiti toglie lo stendardo, tu gli porti via quella che gli destinano in moglie. A san Rocco penseremo poi: ai 12 tomoli aggiungeremo altri 12, altri 20, se occorre, e li regaleremo al santo glorioso che non ci avrà perduto con lo aspettare. Dunque giuri?

Lui, combattuto da sentimenti diversi, esitava ancora; ella lo accarezzava, lo baciava, stringendoselo al petto che ei sentiva morbido e caldo sul suo; inebriato da quelle carezze che gli accendevano il sangue, balbettò:

— Sì, lo giuro, sull'anima di mamma, che benedetta sia.

— Ebbene dunque va': buona notte, a dimani.

E si die' a salire la scaletta; quando fu su ballatoio, mandò un bacio all'amante che l'aveva seguìta con gli occhi, poi aprì la porta ed entrò pian pianino in casa.

Egli rimase buon tratto appoggiato ai gradini della scaletta, col cuore gonfio di una soave tenerezza per la fanciulla che con quella promessa gli aveva dato la prova più solenne d'amore.

San Rocco era in mezzo alla chiesa. L'avevano tolto dalla nicchia e spolverato, ridipinto, appuntellato perchè non traballasse sul piedistallo quando l'avrebbero portato in giro per il paese. Col carminio e il nero di fuliggine gli avevano allargato la piaga della gamba, che parea proprio sanguinante coi margini lividi.

La chiesa era parata a festa: lunghe e larghe strisce di carta colorata cadevano dall'alto, e sull'altare maggiore cento candele disposte a piramide biancheggiavano fra i fiori di carta, i vasi e le dorature. In un angolo il baldacchino di seta, scolorito dal tempo, s'ergeva raccolto ed appoggiato al muro, col bastone dorato dei priori ed il gran crocefisso, spolverato, ridipinto ancor esso. Lì vicino era pure lo stendardo, il cui panno rosso, con l'effigie in mezzo del santo glorioso, cadeva floscio avvolto all'asta lunga e pesante.

Nella chiesa era un gran via vai e un gran vocìo. Accosciate sul pavimento, le contadine bisbigliavano pigiandosi, e talvolta invadendo anche lo stretto passaggio lasciato nel mezzo; invano il vecchio prete, che andava attorno con un lungo accenditoio, perduta la pazienza, le veniva ammonendo di cessar da quel diavolìo e di lasciar libero lo spazio.

— Vi credete d'essere in cantina o coi porci! — gridava. — Scendi da quell'altare, faccia d'impiccato! Se non zittite, vi darò tanti calci quanti capelli avete in testa.

Ma quelle non zittivano, e il sacrestano già colpi di accenditoio sulle spalle, sulle teste, bofonchiando:

— Sgualdrine maledette! credono di essere in un... dove son nate.

Innanzi alla porta della sacrestia i preti infilavano le cotte su i lunghi camici, ciarlando ad alta voce, e i chierici dondolavano i turiboli per mantener vivo il fuoco. Dalla porta della sacrestia e da quella maggiore di entrata, ove in un capannello il priore questionava con alcuni contadini incamiciati anche essi, si scambiavano ad alta voce parole e domande, con qualche bestemmia mormorata fra i denti. Dirimpetto la statua del santo, buon numero di contadini, i cui piedi larghi e massicci, calzati di grosse scarpe o di uose assicurate con cordicelle, uscivano fuori dai gheroni del camice bianco, seduti e appoggiati al piedistallo della statua, aspettavano che il priore si sbrigasse per dar principio agli incanti. Su i camici, fra lo sparato dei quali gareggiavano i petti villosi, tenevano i medaglioni di stagno con l'effigie di S. Rocco; alcuni, ed erano i titolati dell'Arciconfraternita, avevano sugli omeri le mozzette color viola, altri, a tracolla, una fascia rossa.

Fuori, nello spiazzo innanzi alla chiesa, i contadini si affollavano attorno i venditori di pasta col miele, di santini o di frutta, o attorno un tale che teneva giuoco di rolletta. I monelli ballavano al suono di due tamburi e di una gran cassa che fin dalla sera innanzi avean rullato e rimbombato da rompere le orecchie. Nelle bottegucce del vinaio, del venditore di generi coloniali e di commestibili, nelle tavernuole imbiancate di fresco, su i cui banchi innanzi alla porta facean bella mostra le fritture in ampi bacili, le carni lesse e le cosce sanguinanti di castrati, i contadini si affollavano per far le spese del pranzo e per bere un bicchiere. Sotto una tenda c'era una bottega di sorbettiere, ove per un soldo si dava un bicchiere di limonata o di acqua col sambuco ai contadini, i quali facevano sfoggio del loro abito festivo, calzone lungo di felpa, corpetto rosso e giacca di fustagno con le mostre verdi e i bottoni di metallo lucido. Dalle finestruole sporgevano le teste delle contadinotte, e in fondo, nei balconi della Casa comunale, la signoria del paese, il sindaco colle figliuole, la nipote del parroco, la sorella del segretario comunale, ed altre ed altre facevano pompa degli abiti di gala, adorni di nastri, di trine, di fronzoli.

Nel mezzo della piazzetta quattro contadini erano intenti ad infliggere nel suolo le travi per l'impalcato, su cui dovevano disporsi i fuochi d'artificio, le girandole, i panierini volanti e i due fantocci di carta con una grossa bomba per testa e col ventre pieno di razzi. Le grida dei venditori, il rullìo dei tamburi, rinforzato dai colpi cupi della gran cassa, il ripicchiare degli operai, il vocìo della folla facevano un tumulto assordante in contrasto con la quiete del paesello, la cui vita parea riversata su quello spiazzo, mentre nelle stradicciuola fangose, fatte deserte e mute, grugnivano presso le chiuse porte i maiali e razzolavano le galline. I pennacchi dei quattro carabinieri, severi, con la rivoltella al fianco, erravano qua e là tra la folla nera e brulicante.

La porta della chiesa spalancata lasciava veder l'interno; nella penombra luccicavano l'oro e l'argento dell'altar maggiore fra il bianco delle candele; e in alto, sul suo piedistallo, San Rocco, vestito di rosso; su i tetti della chiesa il campanile s'ergeva dritto e bianco con le campane dondolanti, gli squilli delle quali si spandevano per l'aria azzurra, in cui splendeva il sole caldo e giallo di agosto.

Presso la statua, aspettavano il priore massaro Giovanni, massaro Peppe col figliuolo Peppino il bersagliere, e molti altri contadini. In un angolo, seduto su i gradini di un altare, massaro Cola discorreva col figliuolo Ligiuzzo. Massaro Cola era un vecchio magro ed alto, col viso dai riflessi d'argento per la peluria bianca e arabescato di rughe profonde; gli occhi, orlati di rosso, splendevano accesi come nella giovinezza. Padre e figliuolo vestivano il lungo camice, che nel sedere avevano rimboccato sulle ginocchia. Coi gomiti sulle cosce, con la testa fra le mani, il vecchio guardava Ligiuzzo, che, inquieto, tenea gli occhi fissi sulla porta d'entrata.

— Senti — gli veniva dicendo — io non voglio che tu dica una parola, capisci? Devi lasciar fare a me. Vedrai, sarò calmo. Infine, tutto ciò si fa per devozione, n'è vero? e San Rocco lo vede che si è fatto quello che si è potuto. Se poi i bricconi, gli intriganti, i camorristi ci si mettono di mezzo, non è colpa nostra. Quando avevo vent'anni, non avrebbero osato, no, non avrebbero osato... sai che avresti veduto in chiesa? una carneficina. Ora son vecchio e bisogna piegare il capo... Ma sai che voglio da te? che te ne stia quieto e tranquillo, capisci! lascia fare a me che son vecchio, hai inteso?

— Sì, ma tu stesso dici che se avessi venti anni... io invece ne ho venticinque e, per la Madonna!...

— Sta' zitto, scomunicato, non bestemmiare, che stiamo in chiesa... Tu poi non devi dar retta a quel che mi esce di bocca, e devi pensare che hai un padre e, per Gesù Cristo, se ti accadesse qualche disgrazia, darei loro tante puntate di coltello per quanti acini di grano si seminano nel Marchesato.

Poi, verso Peppino il bersagliere, che sbarbato di fresco, con le scarpe lucide e un largo collare bianco sulla giacca, indossava ridendo e motteggiando il camice:

— Guardalo là quel furfante, quel figlio di ladro, con quella faccia d'impiccato di suo padre! Io non so come San Rocco permetta che quella gente venga in chiesa! Sì, proprio, si fa un bell'onore San Rocco, col lasciarsi portare da quei quattro farabutti! Vedi come ci guardano. Ed hai ragione, sì, sono i minchioni che han torto, son le pecore che si scannano... Oh! santo diavolo, me li mangerei vivi.

E gli occhi del vecchio s'accendevano, le mani convulse brancicavano su le ginocchia.

— Tata, — disse Ligiuzzo, — tu predichi a me pazienza e rassegnazione, e intanto...

— Si, hai ragione, — rispose il vecchio, mordendosi le labbra per contenersi. — Sicuro, — riprese — se non stai quieto al tuo posto, ti darò tanti schiaffi per quanti capelli hai in testa.

Un bisbìglio corse per la chiesa: era entrata massara Peppina, madre di Stella, con la figliuola, che in quel giorno faceva sfoggio delle vesti più pompose. Alla leggiadra e delicata figura della giovinetta accrescevano vaghezza i colori vivi della gonna rossa e del corpetto celeste allacciato al seno ricolmo e fornito con nastri di seta. Al collo bianco e grassoccio rosseggiava una collana di corallo, e sotto la tovagliuola bianca coi margini ricamati rilucevano i lunghi pendenti di oro massiccio. Camminava a lato della madre, tenendo con una mano la pezzuola per un dei capi, stretta al grembo, con l'altra i lembi inferiori della tovagliuola per nascondere con selvaggia timidezza il collo e metà del viso. La madre, impettita come si conviene a ricca massara, vestiva la gonna scura e il corpetto color caffè con una corazza rilucente di spille, di medaglie, di collane in mezzo al petto, e con le dita fino alla terza falange coperte di anella. Attraversarono la chiesa e vennero a inginocchiarsi presso i gradini dell'altare ove sedevano massaro Cola e il figliuolo Ligiuzzo, il quale era rimasto estatico a contemplare la giovinetta che gli aveva fatto un lieve cenno. Poi le due donne aveano tratto di tasca la coroncina e si eran messe a biascicare il rosario.

— Eccole qui queste pettegole, — borbottò massaro Cola... — Sì, guardala, mangiala con gli occhi quella figlia di Giuda! Si cura tanto di te quanto di un pelo di capra.

Intanto il priore ed il parroco avean preso posto innanzi alla statua di S. Rocco. Tutti si alzarono in piedi; un sordo vocìo corse per la chiesa, che si riempì di un subito. Si fece cerchio, e i quattro, cui spettava l'onore di portare la statua di S. Rocco, fecero la loro offerta. Nessuno rispose, e in verità l'incanto era una formola, perchè nessuno mai aveva osato di far concorrenza ai quattro ricchi massari, fra i quali erano massaro Peppe e massaro Giovanni, come non era stata fatta al padre di Ligiuzzo, cui spettava lo stendardo.

Il priore infine gridò:

— In onore e gloria di San Rocco, si mette all'incanto lo stendardo.

— Dodici tomoli di grano pel mio figliuolo Ligiuzzo, — gridò massaro Cola, che si era alzato.

— Vi è chi offre di più? — chiese ad alta voce il priore.

— Quindici tomoli per me — si rispose; e rompendo il cerchio, si fece innanzi Peppino il bersagliere.

Corse per la folla un susurrìo: i più lontani si alzarono in punta di piedi per veder meglio; i più vicini sì addossarono su quelli del primo cerchio; qualcuno mormorava:

— L'ha detto e l'ha fatto.

Messaro Cola aveva dato un balzo come colpito da uno schiaffo, e seguìto dal figliuolo si era fatto innanzi. Guardò in giro con lampi minacciosi negli occhi e con le membra tremanti per l'ira. Peppino giocherellava come distratto coi nastri del camice.

Le due donne si erano alzate. Stella, tremante anch'essa, si era avvicinata a Ligiuzzo, chè la madre non le badava, tutta intenta a quel che avveniva nel mezzo della chiesa.

— Quindici tomoli per Peppino il massaro. Ci è chi offre di più? — chiese il priore.

— Sedici — bofonchiò massaro Cola, con la strozza e i denti stretti.

Non aveva ancora finito, che Peppino il bersagliere, il quale faceva il distratto, disse, senza alzare il tono della voce:

— Venti per me.

Ligiuzzo era pallido, si mordeva le labbra, si torceva convulso le mani. Pure riuscì a contenersi, e voltosi al padre che ansava con gli occhi torti:

— Tata, andiamocene, tu ti rovini... è una brutta giornata questa.

— Venderò il letto, venderò il porco, venderò la casa, ma quel figlio di mala femmina non la deve vincere. Venticinque ! — gridò poi, guardando fieramente in giro.

— Al pagamento ti voglio. Dove li piglierà quel pezzente venticinque tomoli di grano? — esclamò Peppino il bersagliere.

— Ah canaglia! a me pezzente! bastardo rognoso, ora ti strappo le budella!...

E stava per slanciarsi, ma Ligiuzzo lo prese fra le braccia e lo trasse dietro, mentre gli altri contadini trattenevano Peppino il bersagliere. Ne nacque un tafferuglio; grida, minacce, urli, imprecazioni; il parroco ed il priore, saliti sopra una sedia, gridavano gesticolando per ristabilir la calma, e i carabinieri si facevano largo tra la folla per accorrere. Stella intanto si era avvicinata a Ligiuzzo che teneva stretto fra le braccia il padre, il quale ruggendo e sbuffando facendo sforzi per liberarsi, e rapida e sommessa gli aveva detto:

— Ricòrdati che hai giurato, ricòrdati. Stasera ti aspetto.

Egli, coi denti stretti e con la parola che gli fischiava fra le labbra pallide per l'ira;

— Quante me ne farai fare tu... Ah se non avessi giurato sull'anima di mamma!

— Lasciami — urlava il vecchio — lasciami, vigliacco!

— A me vigliacco? a me, tata, vigliacco?

— A te, sì; lasciami.

— Intanto, un po' con le buone, un po' con le cattive, i carabinieri, il priore, il parroco avevano ristabilito la calma intorno alla statua, quantunque ancora la gente, in crocchi nel mezzo della chiesa e presso gli altari, quistionasse. I pareri erano molti e i giudizi diversi.

— Dunque — gridava il priore — vogliamo continuare questo benedetto incanto? Bella festa che facciamo a San Rocco!

E voltosi al santo, che immobile sovrastava alla folla:

— Perdonali, San Rocco mio benedetto, che infine tutto si fa per tuo onore e gloria.

Poscia alla folla:

— Siamo ancora ai 25 tomoli offerti da massaro Cola. Ci è chi offre di più?

— Trenta — rispose Peppino il bersagliere, che si annodava i lacci del camice sciolti nel tafferuglio.

Intanto i carabinieri accompagnavano fuor della chiesa massaro Cola e Ligiuzzo che si erano svestiti dei camici. Il vecchio parea quasi calmo: di tratto in tratto però si fermava, tentennando la testa e gonfiando le gote. Ligiuzzo lo seguiva a testa bassa.

Quando i carabinieri, dopo averli esortati a rincasare, li lasciarono soli, il vecchio si morse le mani mormorando:

— A settant'anni essere umiliato così!

— Tu non hai voluto, tata — diceva il giovane.

— E non voglio, capisci? — rispose il padre, che aveva compreso il senso di quelle parole. — Si sa, i tempi son mutati... cinquant'anni or sono, nemmeno San Rocco gli avrebbe salvato la pancia a quello lì, ma ora si studia sui libri, si va a scuola ci insegnano che quando si riceve uno schiaffo si deve voltar l'altra guancia. Oh! per Gesù Cristo, che gli avrei mangiato il cuore...

Si fermò di botto, e figgendo gli occhi negli occhi del figliuolo:

— Senti, Ligiuzzo, io son vecchio, e morire in casa o morire in galera per me è lo stesso.

— Tata, tu insomma vuoi che lo scanni? Ma abbi un po' di pazienza e vedrai, vedrai che gli è serbato!

— Sì, al mese di giammai! Così parlano i vili. Me la vedrò io, capisci? li farò tornare io a casa, raccolti in una coltre, lui e quel falsario di suo padre.

La processione, annunciata da un festoso scampanìo e dallo scoppio di cento mortaretti, a mezzogiorno in punto uscì dalla chiesa. Precedevano due lunghe file di incamiciati con le candele accese, le cui fiammelle tremolavano fumose, poi veniva Peppino col rosso stendardo, ed or lo palleggiava, or lo scagliava in aria per raccoglierlo e farlo stare in bilico su la palma, su la fronte o su i denti, tentennando, bilanciandosi, raccogliendosi, facendo forza di schiena e di fianchi, mentre il panno rosso sventolava a larghe pieghe e i monelli battevano le mani gridando evviva. Dalle finestre, dalle porte le contadine in ginocchio guardavano meravigliate quel bel giovane che faceva di tanti bei giuochi, e le giovanette, mentre si picchiavano il petto biascicando le litanie, non sapevano trattenere una esclamazione di piacere ad ogni nuovo giuoco dello stendardo.

Dietro a Peppino, venivano i preti, in cotta e stola con le torce accese, e in mezzo l'arciprete con le ali della lunga zimarra sostenute da due chierici; poi la statua del santo che tentennava su le spalle dei quattro massari, i quali, curvi sotto il grave peso, si appoggiavano traballando ai bastoni. Un contadino li precedeva con un grosso vassoio per ricevere le offerte in denaro ed cera. Dietro al santo, i tamburinai rossi, trafelati, che davan di gran colpi negli strumenti, infine la turba delle contadine che salmodiava con voce monotona e lenta.

Giunta innanzi alla casa comunale, la processione si fermò per riverire il sindaco affacciato ad uno dei balconi con le figliuole, che per ripararsi dal sole tenevano alti gli ombrellini, e tra i ferri del balcone sporgevano i piedi per farsi vedere gli stivaletti di pelle verniciata e il lembo ricamato dei sottanini. Negli altri balconi le signore del paese con abiti di seta verde, gialli, azzurri, con collane, smanigli, pendenti, e grandi ventagli che si agitavano sotto gli ombrellini, ridevano, ciarlando. Quando la statua si fermò, le signore, continuando con voce più sommessa il cicalìo, si chinarono un po' su i ginocchi; e mentre Peppino il bersagliere esauriva tutti i suoi giuochi con lo stendardo, scoppiarono due lunghe file di mortaretti, omaggio a San Rocco del sindaco, il quale aveva fatto deporre nel vassoio lire 20 in moneta e 12 candele.

Poi la processione proseguì il suo cammino, fermandosi di tratto in tratto, come era d'obbligo, innanzi alla casa di coloro che portavano il santo. La moglie e la figliuola di massaro Giovanni, quando la processione fu presso alle loro finestre, erano affacciate, ma la Stella aveva gli occhi gonfi di pianto ed era triste, ne rispondeva alle domande della madre, la quale infine le disse:

— Tu non me la ficchi, no, con quell'aria di monachella. Credi che non ti abbia visto? Tu stamane ti sei accostata a quel cattivo arnese di Ligiuzzo e gli hai parlato. Sai che ti dico? Pensa a togliertelo di mente. Tuo padre non ti darebbe a lui nemmeno se ti coprisse d'oro. Ti ha promesso a Peppino e sarai di Peppino. Quel pezzente lì ha fatto bene i suoi conti; tu, sciocca, non comprendi che mira alla dote e non ai tuoi begli occhi.

Ella zittiva, ripiegata sul davanzale, con gli occhi lagrimosi; intanto la processione si avvicinava preceduta dai chierichetti che agitavano i campanelli.

— Stanotte — continuava massara Peppina — ti vidi in gonnella ai piedi del letto. Donde venivi? dove eri stata? Non dissi niente a tuo padre per non provocare un chiasso in questo santo giorno, ma da questa sera in poi dormirò con un occhio solo, tienilo per detto. Anzi è meglio che tu dorma con me: il diavolo, suol dirsi, non ha pecore e va vendendo lana.

La giovinetta allibì.

— Con te, mamma? e tata? — balbettò.

— Dormirà nel tuo letto; anche lui stamane era del mio avviso. Infine a te che importa se non covi nulla in quel tuo cervello di pazza?

Ella ebbe come una stretta al cuore; dunque le sarebbe stato impossibile di mantenere per quella sera la promesse; chè di certo non avrebbe potuto deludere la vigilanza della madre. Conveniva rimandare la fuga a miglior tempo, e intanto avrebbe cercato di riguadagnare la fiducia dei suoi. Perciò le era d'uopo mostrarsi indifferente, quantunque il contrattempo le riuscisse molto amaro.

— Farò come vuoi, mamma, — rispose.

E intanto pensava al modo come far sapere a Ligiuzzo che per quella sera non poteva mantener la promessa; decise di farlo avvertire da un ragazzetto che le era affezionato e al quale ella spesso regalava buone merende. Ma intanto che avrebbe detto, che avrebbe pensato Ligiuzzo con quel carattere diffidente? Non l'avrebbe creduta spergiura, bugiarda, e non avrebbe sospettato che ella per salvare Peppino gli avesse fatto quella promessa che non manteneva? Ma intanto come mantenerla? Del resto poi, si sarebbe ricreduto, quando ella, come era decisa, sarebbe fuggita con lui. Perchè era decisa: troppo aveva sofferto quel poveretto, era troppo infelice, ed ella sentiva che gli doveva un compenso. E non avrebbe evitato anche guai serii? Quel suo fallo forse avrebbe assicurato la pace a tre famiglie; Peppino si sarebbe consolato, chè era ricco ed una sposa non gli poteva mancare; massaro Giovanni col tempo avrebbe fatto pace con Ligiuzzo e con massaro Cola, ed ella così avrebbe appagato non solo un voto ardente del suo cuore innamorato, ma anche compiuto una buona azione.

Bisogna fingere, pensava, per non dar sospetti a mamma. E perciò sforzossi a dissimulare il suo affanno; si asciugò gli occhi e parve tutta intenta alla processione che si avvicinava. La madre, in vederla tornar giuliva, credette che i suoi sospetti fossero infondati; però si prometteva di sorvegliarla attentamente. Poi, come se si fosse ricordata di cosa che molto le premeva:

— A proposito — le disse — bada che or ora passerà Peppino con lo stendardo; non gli fare il muso lungo, hai capito? Tu gli sei fidanzata, e se ti saluta devi rispondergli con lieto viso. Non mi fare aver quistione con tuo padre, che mi rimprovera perchè io, dice lui, non ti so insegnare la creanza.

— Vi ubbidirò, mamma — rispose lei.

In quella, Santuzzo, quel ragazzetto amico di Stella, veniva correndo per pigliar posto innanzi alla porta di massaro Giovanni. La processione si era fermata e da lungi si udiva lo scoppettìo dei mortaretti, il rullar dei tamburi ed il salmodiar delle contadine. Stella si chinò sul davanzale e si die' a gridare:

— Santuzzo, Santuzzo!

— Perchè lo chiami? domandò massara Peppina.

— Mi ha chiesto un po' di salame, è tanto servizievole che non avuto cuore di negarglielo. Ma stamane ero lì lì per andare a chiesa, e non ho potuto darglielo. Glielo darò adesso. Fan tutti festa, farà festa anche lui, pover'orfano.

Attraversò la stanza; poi, quando la madre, chinata sul davanzale con gli occhi appuntati verso la processione tuttora ferma, non potea vederla, si die' a correre, scese la scaletta e fu nel cortile ove Santuzzo l'aspettava.

— Vieni, che ti darò il salame — gli disse.

Trasse di tasca una chiave e aprì la porticina della dispensa, ove appesi alle travi erano formaggi e prosciutti: il fanciullo la seguì; ella rinchiuse la porta, si accostò al fanciullo e sottovoce gli disse:

— Senti, se mi vuoi bene, devi fare quel che ti dirò.

— Di' che vuoi? — rispose Santuzzo sgranando gli occhi.

— Senza perder tempo devi correre da Ligiuzzo di massaro Cola... lo conosci?

— Come no? quello che tu vuoi per marito.

— Gli dirai — continuò la giovinetta arrossendo — che stanotte non vada in quel luogo che ei sa, perchè quella tal cosa non può porsi ad effetto. Salutamelo, e che stia tranquillo, che io sono sempre la stessa. Hai capito?

Il fanciullo accennò di sì col capo.

— Ripetimi come gli dirai.

Il fanciullo ripetè fedelmente ciò che aveva detto Stella.

— Non dir nulla, sai, non dir nulla a nessuno, chè altrimenti sarei rovinata.

— Stà sicura — rispose.

Ella gli diè pane e salame, poi risalì. Santuzzo uscì correndo, sbocconcellando il pane.

Ligiuzzo era uscito di casa, chè il padre gli aveva detto:

— Va', va' ora in piazza, altrimenti si dirà che hai paura: ma non cimentarti. Verrà il tempo in cui ce lo dovranno pagar caro.

Ed era uscito, con la scure infilata nella cinta di cuoio che gli stringeva le brache ai fianchi. Aveva barattato qualche parola con i contadini affollati innanzi alla tavernuola, i quali gli avevano offerto per consolarlo, di giuocare alla mora; si sarebbe fatto il padrone e sotto, e si sarebbe stati allegri, chè infine poi non bisogna pigliarle di punta le cose, come suol dirsi. Egli aveva rifiutato e se ne era andato soletto verso le stradicciuole deserte nell'interno del paese. Pensava alla felicità che lo aspettava fra poche ore, e che era dolce compenso alle pene fino allora sofferte. Pensava che fra poche ore quella leggiadra giovinetta, che egli per tanti anni aveva amato onestamente, caldamente, sarebbe stata sua, tutta sua, e che finalmente il destino, stanco di perseguitarlo, gli conduceva un po' di pace ed esaudiva il più ardente dei voti di lui. Aveva già stabilito in quale casa avrebbe poi accompagnato la ragazza; chè egli voleva far le cose da uomo onesto: l'avrebbe accompagnata in casa del signor sindaco, donde non doveva uscire che nel dì delle nozze. Così fanno i giovani ben nati; anzi sarebbe andato ad aspettarla con due amici per testimoni, perchè le malelingue non avessero a spacciar calunnie su di lui e su di lei. L'amore aveva soffocato l'odio; nè, tutto inteso al modo come regolar la fuga, pensava più a Peppino ed alle ricevute offese.

Senza accorgersene, era giunto in una stradicciuola donde si vedevano le finestre di Stella; alzò gli occhi e scorse le due donne affacciate che guardavano sfilare la processione; ma una voce lo scosse, che gli diceva;

— Uh, ti trovo finalmente, Ligiuzzo!

— Sei tu, Santo, che vuoi? — rispose il giovane che aveva riconosciuto il ragazzetto.

— Stella di massaro Giovanni ti saluta e ti dice, che quella cosa non è possibile per questa sera.

Il giovane diè un balzo, illividì, poi, afferrando pel braccio il ragazzo, lo scosse inferocito:

— Ripeti, ripeti quel che hai detto; no, è impossibile... ho inteso male, forse.

— Io non ci ho colpa, io, — piagnucolava il fanciullo — lasciami, che mi rompi il braccio.

— Ripeti, ripeti quel che ti ha detto!

— Mi ha detto, che per questa sera è inutile che tu vada in quel luogo... ecco quel che mi ha detto.

Egli allora appoggiossi al muro per non cadere. Aveva un velo sugli occhi e sentiva il cuore come in una morsa. Il fanciullo era fuggito piangendo.

— Ah, l'infame! ah, l'infame! fu per salvar lui, che mi fece quella promessa e volle da me quel giuramento! Per lui temeva! Oh, l'infame, l'infame!

E alzò gli occhi minacciosi verso le finestre di Stella, a cinquanta metri circa da quel luogo. In quell'istante, Peppino, il bersagliere faceva i suoi giuochi di destrezza con lo stendardo, e Stella, curva sul davanzale, per ubbidire alla mamma e per far tacere i sospetti di lei, gli sorrideva, e battendo le mani pareva incoraggiasse il suo fidanzato, che si sclamanava tutto ansante e acceso in volto per dar prova della sua destrezza e del suo vigore.

— Ah, la mala femmina! — esclamò Ligiuzzo, mordendosi a sangue le dita — ah, la mala femmina!

Già i primi razzi avean solcato l'aere nero come una striscia di fuoco ed erano caduti su la folla in pioggia di stelle. Un subito chiarore, seguito da uno scoppio, illuminava per poco la folla dei contadini pigiati sulla piazza e le teste che sporgevano dalle finestre, poi con acuti sibili si alzavano diritte in aria le girandole, i panerini, che scoppiavano tingendo or d'azzurro or di rosso or di verde la folla sottostante, che col naso in aria applaudiva con grandi urli e battimani. La porta della chiesa spalancata, lasciava vedere l'interno, fiammeggiante delle candele dell'altar maggiore, in mezzo alle quali si ergeva la statua del santo. I tamburi e la gran cassa, battuti con frenesia, sposavano i loro rulli e il loro rimbombo alle grida della folla, al fischio dei razzi ed allo scoppio dei mortaretti, cui teneva bordone il suono stridulo di un fischietto e di una zampogna intorno alla quale i contadini ballavano.

Quel crocchio, in un angolo della piazza, era formato dalla famiglia e dai parenti di massaro Peppe e di massaro Giovanni. Si era fatto venire un barile di vino, e mentre i giovani erano intesi al ballo, i vecchi bevevano, motteggiando e scambiando grossolane facezie contadinesche. Stella, seduta fra le sue amiche, mentre una coppia di ballerini nel mezzo del cerchio sgambettava al suono della zampogna e del fischietto, riposava del ballo, asciugando con la pezzuola il sudore e seguendo, distratta, il serpeggiar per l'aria dei razzi sibilanti. Qualunque avesse fatto proposito di nascondere la sua preoccupazione e la sua tristezza, pure non c'era riuscita, e la mamma più volte l'aveva interrogata o ripresa. E invero la poveretta aveva le sue buoni ragioni. Nello imbrunire, mentre con gli amici e coi parenti andava in chiesa, si era incontrata in Ligiuzzo, il quale non l'aveva guardata nemmeno ed era livido, torbido nello sguardo, quantunque nel vederla avesse riso sgangheratamente coi compagni ed avesse proferito non so che parole che l'avevano fatta arrossire tanto. Quella allegrìa però era uno sforzo, si vedeva bene, contraddetta dallo sguardo minaccioso e dal viso stravolto.

Ella capiva che era la causa involontaria di tutto ciò; il ragazzetto che ella aveva mandato a lui non si era fatto vedere; almeno da lui avrebbe potuto sapere qualcosa: ma quella incertezza le era penosissima, e più si rodeva pensando ai dolori di quel suo poveretto che il destino perseguitava tanto: e diceva sospirando a sè stessa:

— Chi sa che avrà detto di me? Chi sa quante ne avrà pensate!

Poi era stata condotta là in mezzo, e per ubbidire alla madre avea dovuto accogliere di buon grado l'invito al ballo di alcuni suoi amici; ma non aveva avuto cuore di abbandonarsi al tripudio, nè di fare sfoggio di tutti i suoi vezzi, e sì che nessuna più di lei sapeva, tenendo le cocche del grembiule fra le due dita, far le figure con più grazia, e con più grazia avanzare, indietreggiare, inchinarsi.

Sedeva intanto pensosa fra le sue amiche, mentre gli altri ballavano, quando Peppino il bersagliere, che era andato in giro per la piazza ed era un po' brillo, fattosi largo a furia di gomitate, le fu dinnanzi e con le mani ai fianchi incominciò a sgambettare e poi a fare le castagnette con le dita per invitarla a danzare.

— Sono stanca — rispose lei — non ne ho più voglia.

— Che stanca e stanca! Via, su, andiamo.

La madre l'urtò col gomito e:

— Non far la smorfiosa. Alzati e balla.

Indispettita si alzò. Tutti tacquero: il fischietto e la zampogna intonarono con più forza la pastorale, e molti curiosi si affollarono intorno al crocchio per veder ballare la coppia dei fidanzati.

Ella parea svogliata, quantunque lui facesse di gran salti, ed or si curvava,. or si raddrizzava, facendo scoppiettar le dita e battendo le mani con piccoli gridi di gioia. Gli astanti lo applaudivano, lo incitavano, ed ei sudato, ansante, or faceva il gallo, or dimenava i fianchi; ad un tratto intese che una mano gli batteva su la spalla; non cessando di fare sgambetti si voltò, cercando con lo sguardo colui che l'avea toccato.

Dietro la folla intravide la faccia di Ligiuzzo; fermossi di botto. Stella si fermò anche essa e, stanca, si lasciò cadere in mezzo alle compagne che la complimentavano. La zampogna ed il fischietto tacevano; solo, fra il rumorìo della folla, ed il sibilo dei razzi, continuavano incessanti i rulli del tamburo e i colpi di gran cassa.

I contadini avevano riempito i bicchieri e si beveva motteggiando. Nessuno si era accorto di Ligiuzzo. Peppino il bersagliere si fece largo e, giunto presso il rivale, l'afferrò pel petto.

— Sei tu che mi hai battuto su la spalla? — gli chiese coi denti stretti e con voce minacciosa.

— Sì, io — rispose Ligiuzzo, con gli occhi sfavillanti d'ira, liberandosi con un forte colpo assestato sulla mano del nemico.

— Che vuoi?

— Voglio spaccarti il cuore.

—A me?

— A te.

— Quando?

— Stanotte; trovati armato di scure in fondo al vallone.

— Ci sarò.

— A rivederci dunque, e raccomàndati a San Rocco.

E si confuse tra la folla. Peppino restò perplesso, poi fece un gesto di noncuranza e tornò alla brigata che rideva motteggiando e trincando.

— Andiamo tutti a casa di massaro Giovanni — propose uno della brigata — so che ci ha una botticella degna di S. Rocco.

— Sì, sì, a casa di massaro Giovanni! gridarono tutti. — Faremo venire la zampogna ed il fischietto e continueremo il ballo. Peppino il bersagliere zittiva, parea pensoso; poi si fe' forza, e:

— Andiamo, ma vi avverto che a mezzanotte andrò via. Ci è un altro invito al quale per cosa al mondo non vorrei mancare.

E mossero tutti verso la casa di massaro Giovanni. Attraversando la piazza intesero in un crocchio lo strimpellìo di una chitarra battente e una voce che cantava

Oh come è bello di morire accisu

Supra la porta de la nnamurata!

L'anima si ni vola 'mparadisu,

Lu cuorpu si lu ciangia la scasata.

— È la voce di Ligiuzzo! — mormorò Stella, ed ebbe come una stretta al cuore, presago di sventura.

Avevano ballato, riso, bevuto fin presso la mezzanotte, poi gli amici e i parenti si erano accomiatati. I due massari marito e moglie, con lo stomaco pieno e il cervello annebbiato dai fumi del vino, erano andati a letto, dimentichi del proposito di vigilare su la figliuola. Del resto, ella aveva assopito i loro sospetti col mostrarsi più dell'usato premurosa per Peppino, che in quella sera pareva avesse perduto il buonumore, quantunque del vino di massaro Giovanni non avesse fatto risparmio.

Perciò, appena la fanciulla s'accorse, dal russar fragoroso, che i due massari erano profondamente addormentati, si alzò pian pianino dal suo letticciuolo, allacciò sulla camicia, che delineava le forme delicate del suo corpo, la corta gonnella, e scalza, camminando in punta di piedi, si fe' alla porta del ballatoio che dava sull'orto. L'aprì tremando, uscì fuori e la rinchiuse lieve lieve dietro a sé.

La notte era calma e stellata: nel paesello brillavano ancora come punti rossi le lucernette accese in onore del santo. Le ombre della notte si stendevano su la campagna silenziosa e gli alberi si ergevano neri come fantasmi. Il paesello, stanco, dormiva. Solo qualche ubriaco andava attorno strimpellando la chitarra.

— Se l'avessi saputo, se l'avessi saputo — pensava la giovinetta, china sulla balaustrata del ballatoio — non gli avrei mandato a dire che non venisse. Quante ne avrà pensate, quante ne avrà dette! Come era triste oggi quando l'incontrai! come era malinconica, stasera, la sua voce! E se venisse? dovrei andar con lui... come dirgli di no, se mi trova qui, sola, dopo la promessa che gli ho fatta? Andar con lui? Abbandonar tata e mamma? E dove mi porterà egli? Che ne sarà di me, abbandonata a lui?

E, col petto sul davanzale, restò fissa in un pensiero, la caldura, gli acri profumi della notte le mettevano come un formicolìo nel sangue; respirando con voluttà la brezza fresca che susurrava tra gli alberi, sentiva in cuore come una irrequietezza; nè, a chi glielo avesse chiesto, avrebbe saputo dire il perchè di quegli struggimenti nuovi e strani dei nervi e del sangue.

Giù al basso, ove scende la strada maestra, lieve mormoravano le acque del vallone; a lei era parso di sentire come un gemito acuto echeggiar nel buio, ma lo credette un grido di civetta o uno squittir di volpe: distratta per poco, era tornata ai suoi pensieri; sotto quel cielo stellato, alle carezze calde dell'aria, il suo corpo, saturo di giovinezza, si lasciava vincere dal molle e voluttuoso languore, e una sonnolenza mista a sussulti la teneva là, col seno compresso sul davanzale e il corpo abbandonato. Però di un tratto si scosse; aveva visto un'ombra scavalcar la siepe dell'orto, o, guardinga accostarsi alla scaletta.

— Ligiuzzo.... sei tu, Ligiuzzo? — mormorò, svegliandosi dal torpore e sporgendo la testa.

L'ombra, giunta alla scaletta, sostò: ella sgomenta, tornò a chiedere:

— Rispondimi Ligiuzzo!

— Per me no, per me. Aspettavi lui, dunque?

Ella scese rapidamente la scaletta. Quando fu dinnanzi al giovine, retrocesse sbigottita; gli occhi di lui lucevano sinistri; aveva gli abiti in disordine e macchie nerastre qua e là per la persona.

— Di', che hai? che ti è successo? — esclamò la giovinetta.

— Nulla.... ho voluto vederti.... cioè no, veder la casa, veder il luogo ove tante volte mi dicesti di amarmi... ora addio,.. per sempre. Ti perdono, chè altrimenti dovrei ucciderti.

— Ligiuzzo, Ligiuzzo! — esclamò lei — ma io son tua... sì... pigliami, sì, portami dove vuoi. Stamane mamma, insospettita, mi disse che mi avrebbe fatto coricare nel suo letto... Ecco perchè ti mandai a dire che non fossi venuto. Ma io ho deluso i loro sospetti e ti aspettavo. Ecco, pigliami, sono tua!

E gli gettò le braccia al collo, ma, nello stringerlo al petto, retrocesse con un grido:

— Tu sei bagnato... Dio mio, che è successo?

Si guardò le mani tinte di un liquido nero.

— Ma è sangue, è sangue tuo... parla... sei ferito?

— Sì — mormorò lui — sì, ho due colpi di scure, uno al petto, l'altro nel fianco... ho creduto che tu non mi amassi più, che tu mi avessi fatto quella promessa per salvar lui, e stasera l'ho sfidato...

— O Madonna, o Madonna mia! — esclamò con un gemito la giovinetta.

— Egli ora è là — proseguì il giovine con voce sommessa e balbettante — è là, in fondo al vallone, con la testa spaccata... Io ho leccato il sangue delle scure per fuggir meglio, ma non so come mi son trovato qui.... Addio.... i carabinieri vanno in giro e non voglio andare in carcere... Ricordami, addio!

E con subito impeto la prese in braccio, la baciò con furia su le guance, negli occhi, in bocca, poi, respingendola con violenza, si diè a correre, scavalcò la siepe, e precipitossi giù per la china.

Ella cadde col volto e le vesti bagnate di sangue. E intanto dalle viuzze del paesello venivano strimpellìi di chitarre e voci avvinazzate che cantavano:

Oh come è bello di morire accisu

Supra la porta de la nnamurata!

L'anima si ni vola 'mparadiso,

Lu cuorpu si lu ciangia la scasata!

Una sera, tornando affaticato dalla solfatara, dopo avere sgobbato per tutto il giorno sul libro degli introiti e delle spese, erasi imbattuto nel suo compare Giovanni, contadino allora allora giunto da Calabria, per chiedere anche esso lavoro, come tanti dei suoi compaesani, agli appaltatori delle solfatare.

— Oh, signor compare! — aveva esclamato Giovanni, togliendosi il cappellaccio.

— Compare Giovanni! anche tu qui! Quando sei arrivato?

— Stamattina.

— Ed hai nulla per me?

— Nulla, sor compare mio.

— Vedesti mamma, prima di partire? vedesti... mia, moglie?

— Sissignore; domenica alla messa di morsello vidi la signora comare donna Peppina, vostra madre; sta bene e vi saluta.

— E vedesti mia moglie?

— Sì, anche, dalla finestra. La salutai e le dissi se voleva darmi lettere per voi.

— E... nulla?

— Nulla: però vi saluta e vi manda a dire che sta bene.

Francesco si abbuiò in viso; stette pensoso per poco con gli occhi fisi sul contadino, il quale, come se avesse voluto evitarne lo sguardo, pareva intento ad aggiustarsi la bisaccia sul dorso.

— Andiamo a bere un mezzo litro — disse infine Francesco — mi racconterai le novità del paese.

E s'incamminò, seguìto dal contadino. Imbruniva; i minatori col piccone ed il corbello sugli omeri tornavano dalla solfatara, a brigatelle ed alla spicciolata. Discorrevano sommessi, stanchi dalle aspre fatiche del giorno: predominava nelle voci l'accento aspro e nasale dei montanari silani, emigrati dalle montagne dopo la mietitura, per cercar lavoro nelle solfatare di Sicilia, ove, perchè forti e tenaci alla fatica, parchi al cibo e contenti di poca mercede, son preferiti ai lavoratori che colà si riversano dalle altre contrade. Passando vicino a Francesco, che aveva l'impiego di soprastante e di contabile nelle solfatare ed era loro compaesano, si sberrettavano con un "buonasera". Egli rispondeva distratto con un cenno del capo e camminava silenzioso, seguìto dal contadino. Giunto alle prime case del villaggio, entrò nella tavernuola affollata dai lavoratori, i quali, alla luce fioca di una lucernetta a tre becchi pendente dal soffitto, seduti sopra sgabelletti di legno, coi gomiti sulle panche bisunte ingombre di bottiglie, di bicchieri, di piattelli e di grandi pezzi di pan nero, cenavano ciarlando, mentre alcuni, negli angoli più lontani, giocavano a tresette.

— Buona sera, signor soprastante — dissero i più vicino all'uscio, quando videro entrar quei due.

— Buona sera. Portami un litro e due bicchieri — gridò Francesco al tavernaio, che sul banco in fondo misurava il vino e pesava agli avventori formaggi e salami.

Nell'angolo più buio in fondo alla cameraccia vide un deschetto non occupato. Sedè con le spalle agli avventori e dirimpetto a lui fe' sedere il suo compare Giovanni. Un ragazzo cencioso e sporco mise sulla tavola una bottiglia e due bicchieri: Francesco mescè il vino, porse un bicchiere al compagno e bevve l'altro di un fiato; tornò a mescere, tornò a bere, succhiò le punte dei baffi e posò con forza il bicchiere sulla tavola.

— Dunque nulla? nè mamma, nè Angela, nulla?

— Nulla. Però la signora comare vostra madre mi disse che vi aveva scritto e che non aveva niente altro a dirvi di nuovo.

— Sì, è vero — balbettò lui con lo sguardo distratto e sonando con le dita il tamburello.

Di un tratto, bruscamante, poggiando i gomiti sulla tavola, si chinò verso il contadino, e con voce secca e breve:

— Che si dice di mia moglie nel paese?

Giovanni trasalì, posò il bicchiere che stava per accostare alle labbra e balbettò chinando gli occhi:

— Ma... che so io? niente.

— Senti, compare Giovanni, parlami chiaro, che tu ne hai l'obbligo. C'è fra noi parentela spirituale, ricordati, e tu da casa mia fosti sempre beneficato.... Che si dice? sentiamo. Le male nuove le porta il vento, e la mala nuova è giunta, ma confusa alle mie orecchie. Voglio saper la verità. Son qui molti dei nostri paesani e tutti mi sfuggono; i nuovi venuti, alle mie domande rispondono come fai tu, imbarazzati ed esitanti. Mamma mi scrive lettere oscure... Quella lì... quella lì non mi scrive da un mese. Sono quindici giorni che ci ho in testa un chiodo ed il presentimento di una disgrazia... Parlami chiaro, ti ascolterò con calma... Che è successo in casa mia?

— Nulla, fede di San Giovanni, nulla... però…

— Però?

— Foste condannato a tre anni di domicilio coatto qui in Sicilia, non è vero? Un anno è già passato; ebbene, perchè non obbligate vostra moglie a venirsene qui? Si eviterebbero tante calunnie, si eviterebbero.

— Calunnie! — gridò lui con gli occhi lampeggianti e fisi sul compare, il quale imbarazzato tracciava con le unghie linee sulla tavola — calunnie! quali calunnie?

— Voi sapete che brutto paese è il nostro... Non foste calunniato voi? non foste accusato di manutengolismo e i vostri nemici non riuscirono a farvi condannare?

— Ma che si dice dunque? parla, che si dice? — bofonchiava lui, contenendo a stento la voce.

— Quel che i maligni dicono sempre di una donna giovane e bella il cui marito è lontano da un anno. Voi lo sapete, sor compare mio, che il vostro paese è tutto di maligni.

Dal suo petto ansante scoppiò un grido ch'era una bestemmia; alzossi in piedi, e come se l'ira gli avesse stretto la gola, restò lì muto e tremante.

— Che avete, signor soprastante? — chiesero i più vicini degli avventori.

Ricadde a sedere; poi, con quell'accento soffocato il quale più che voce è rantolo:

— Con chi? — chiese stringendo i pugni.

Giovanni esitava, pentito in cuor suo di aver detto troppo.

— Con chi? — ripetè Francesco.

— Con don Pietro Calogero — rispose il contadino: spaventato dal truce sguardo di Francesco e dalla voce sorda come un ruggito represso.

Ebbe come un buffo di sangue nel cervello; era parato a tutto, non a questo nome, che era quello del suo più fiero nemico, del suo denunciatore. Restò immobile, come fulminato, coi pugni chiusi fino a conficcarsi le ugne nella carne, coi denti stretti, col volto corso da brividi e le vene del collo e delle tempie turgide e palpitanti.

— Non bisogna poi darsi alla disperazione, — gli veniva dicendo Giovanni; — giuro che è una calunnia bell'e buona. Don Pietro, questo è vero, va spesso a farle visita, ma egli è sindaco ed ella è maestrina comunale... Da qui le voci...

Lui non l'ascoltava: alla tensione era seguìto un abbandono stanco. Con la testa fra le mani, col petto sulla tavola, pareva immerso nei suoi pensieri angosciosi, mentre Giovanni, per consolarsi, centellinava il vino assaporandolo con voluttà da beone.

Dunque, non c'era più dubbio, pensava il poveretto: già dalle mezze frasi nella lettera della madre, dalle reticenze dei suoi compaesani, dalle brevi e secche lettere della moglie, che si era ricusata di raggiungerlo, un sospetto vago gli era nato, che rodevagli atrocemente il cuore. Ora che il sospetto si era mutato in certezza, sentiva il vuoto angoscioso che tien dietro ai grandi dolori, come se di un subito il cuore gli si fosse spezzato e caduto nel petto. Del resto, più che a lei, pensava a lui; a caratteri di fuoco vedeva a sè dinnanzi quel nome di Pietro Calogero che gli era stato fatale fin dalla prima giovinezza, quando, fanciulli, andavano a scuola dal parroco e per rivalità di scolari si scambiavano calci e pugni. Quello lì, però, era un vigliacco e si vendicava denunciando e calunniando. Nella virilità, aveano continuato l'odio e il livore della giovinezza; nemici nelle lotte elettorali, nemici nel consiglio municipale, nemici acerrimi sempre. Quando Francesco fu eletto sindaco, Pietro Calogero arse di invidia, ma, vigliacco sorrideva al nemico, al quale aveva mosso una guerra sorda, sleale, di calunnie e denuncie. Per colmo di misura, furono rivali in amore. Francesco aveva sposato la maestrina comunale, una bellezza, di fresco uscita dalle scuole normali: Pietro Calogero, ricco giovane, influente, le aveva ronzato attorno invano, chè a lei conveniva meglio dar retta al sindaco, il quale era anche delegato scolastico e quindi arbitro dei destini di lei.

Ella era una giovinetta orfana di uno dei così detti martiri del 48. Martire, per modo di dire; quando scoppiò la rivolta, egli batteva la campagna cercato dai gendarmi per aver dato in una questione di giuoco tre o quattro coltellate. Errava fuggiasco per monti e per valli; poi, come tanti altri colpevoli di delitti comuni, si unì agli insorti. Fu condannato per ferite e per estorsione di danaro a mano armata: visse in galera due anni, poi ricorse per la grazia e gli fu accordata. Tornò nel paesello e fece la spia al sindaco ed allo intendente. Una bella mattina del 60 si svegliò martire, come tanti altri che la sera innanzi si erano addormentati spie; ebbe una pensione ed un impiego di segretario comunale nel suo paesello, in sostituzione di un povero padre di famiglia che per 30 anni aveva onestamente e laboriosamente servito il comune, ma non aveva mai nè accoltellato, nè estorto danaro, e non era stato

martire, e poscia fu destituito e condannato alla miseria. Ciò era giusto, perchè come disse un tale —
rimunerato dopo il 60 con un posto di giudice, per avere una notte in un caffè, ove si giuocava a
zecchinetto, tagliato la testa ad un re di coppe che gli aveva fatto perdere mille ducati, e perciò poi fu
processato e condannato, — si erano sfamati gli uni, ora faceva d'uopo che si sfamassero gli altri.

Quando il martire del 48 morì, la figliuola ottenne un posto a spese del municipio nelle scuole normali.
Apprese colà tante cose belle, letteratura, storia, geografia, matematica, disegno, religione, morale —
anche la morale — e tante cose brutte; anzi credo che le cose brutte superassero le cose buone. Alla
goffaggine pettegola e paesana si innestò il vizio ipocrita degli istituti di educazione — tutte le
malizie, tutte le brutture, tutte le corruzioni dell'ambiente vizioso dei convitti — qualunque ne sia il
nome — i cui regolamenti, i cui programmi, se hanno per iscopo di promuovere l'intellettività,
dimenticano e trascurano affatto l'educazione morale. Ebbe la sua amica intima, con la quale
scambiava lettere cordiali, sul cui seno versava tutta la piena degli affetti prepotenti svegliati nel
sangue caldo del suo corpo saturo di giovinezza; ebbe i suoi languori, le sue notti insonni, le acri e
clandestine letture al fioco lume della lampa nei dormitorii. Negli esami riscosse le lodi più vive dei
professori, estatici dinnanzi a quella bellezza forte e fresca, la cui voce argentina titillava
delicatamente i loro nervi; e tutti intenti a covarla con gli occhi, ad accarezzarne con lo sguardo il bel
corpo grassoccio, ad odorare l'alito profumato della bocca rosea, delle labbra carnose, non avrebber
saputo ben ridire ciò che ella aveva risposto in letteratura ed in istoria. Quando tornò nel paesello,
della goffa e rozza paesana restava ben poco — certa inclinazione pei colori vivi, un po' dell'indole
pettegola e curiosa, ma, nell'insieme, aveva acquistato un non so che di manierato e di lezioso che in
un paesello di montagna poteva passare per eleganza di buon genere.

Quando nel paese la udirono discorrere con quello accento cadenzato che si acquista nella scuola, con
quella artifiziosa e sforzata proprietà di linguaggio, con quelle frasi raccolte dai manuali di retorica,
parve ai rozzi paesani un miracolo di sapere, e si impromisero in quella ragazza una maestra
inapprezzabile per le loro figliuole. Le fanciulle la presero a modello nei fronzoli, nei cappellini, nel
taglio delle vesti: appresero da lei tante cose nuove, ne ebbero in prestito tanti libri piacevoli.
Cinguettava il francese, e si stava estatici nel sentirla parlare in quella lingua. Riceveva quattro o
cinque lettere al giorno, e quattro o cinque ne scriveva alle sue amiche in convitto. La vecchia zia,
con la quale abitava, diceva, a chi non voleva saperlo, che la notte era costretta a smorzare il lume
per non far sciupare gli occhi e la salute alla nipote, che per ore ed ore si assorbiva nella lettura.

I giovani del paesello, goffi ed ignoranti per quanto ella era elegante e colta, le ronzavano con
insistenza attorno. Ella rideva con tutti, civettava con tutti, ma non si appigliava a nessuno. Il preferito,
ed anche il più innamorato, era appunto Francesco, sindaco allora della borgata e perciò in continua
relazione con l'Angiolina, che aveva già aperto scuola. Egli in breve ne ammattì a dirittura e fe'
proposito di sposarla, quantunque i suoi cercassero di dissuaderlo. Sordo, ei la sposò, e la sposò anche
per far dispetto a quel Pietro Calogero che le faceva anche lui il patito.

La luna di miele durò ben poco. Ella era troppo indolente, le piacevan troppo i begli abiti, le
festicciuole, le merende in campagna, i ballonzoli in casa delle amiche. Trascurava le faccende
domestiche per leggiucchiar libri e gazzette, per sfogliar giornali di moda e per scrivere lettere alle
amiche. Ai rimproveri del marito rispondeva sgarbata: non aveva fatto bene i conti se avea creduto di
sposare una governante: se spendea, spendea del suo, ch'ella lavorava ben cinque ore al giorno nella
scuola; ella non poteva occuparsi nelle faccende domestiche, perchè doveva con lo studio e la

letteratura coltivar lo spirito per non scendere al livello degli ignoranti del paese, nessuno escluso, nemmeno il marito, il quale, poveretto, non poteva comprenderla e perciò lo compativa.

Quando Francesco, per le male arti di quel Pietro Calogero, il quale non aveva smesso di far gli occhi languidi all'Angiola, fu condannato a tre anni di domicilio coatto in Sicilia, bene avrebbe voluto che la moglie lo seguisse: ma questa gli fece comprendere che sarebbe stata una vera follia il lasciare una occupazione che dava da vivere a lei, e la metteva in grado di soccorrere il marito; che ella, dedicata e non avvezza a viver randagia, avrebbe sofferto molto e gli sarebbe stata di inciampo e di noia. Partisse, trovasse da lavorare, e poi lo raggiungerebbe. Ciò persuase la ragione di lui, ma non il cuore; ed un'altra amarezza si aggiunse alle tante sue amarezze.

Ella, per consolarlo, raddoppiò di premure, passò in pianto tutta la vigilia della partenza. Vegliò tutta notte per preparargli le valigie, e di tratto in tratto gli si gettava al collo singhiozzando. Il distacco fu doloroso; promesse, baci, giuramenti si alternavano fra le lagrime ed i singhiozzi. Infine si divisero; ella cadde come svenuta, egli partì con gli occhi rossi e col cuore gonfio di dolore.

Da quel giorno era scorso quasi un anno. Frequenti da prima, più rare di poi erano giunte lettere della moglie. La madre gli scriveva di tanto in tanto, ma o taceva o con freddezza gli dava notizie dell'Angiola; anzi in una lettera c'era una frase oscura, la quale aveva dato tante da pensare al poveretto, che vedeva i suoi compaesani, emigrati in Sicilia per cercar lavoro, imbarazzati a rispondergli quando cercava nuove della moglie. Le avea scritto che oramai avrebbe potuto andar con lui, che guadagnava bene e l'avrebbe fatta nominar maestra nel villaggetto presso la solfatara; ma ella non gli aveva risposto, ed era scorso un mese. Da principio un sospetto vago, poi il dubbio, avean torturato l'animo di quel poveretto, che infine dalle parole del compare Giovanni vedeva confermati i suoi timori.

— Mi vendicherò mormorava con la testa fra le mani, abbandonato sul margini della tavola — mi vendicherò, dovessi pagare un istante di vendetta con tutte le gocce del mio sangue!

Sdraiato sopra un divanetto a pie' del lettuccio chiuso da cortine bianche, Pietro Calogero fumava distratto battendo a piccoli colpi con una frusta da cavallerizzo i lunghi stivali di vacchetta, mentre l'Angiola seduta presso il canterano al chiarore mite e banco di un candeliere a petrolio, agucchiava silenziosa. Pietro Calogero era un giovane sui trenta anni, mingherlino, sparuto nel viso solcato da rughe precoci; vestiva una giacca alla cacciatora di lana oscura e calzoni di panno infilati negli stivali. Col cappello in testa, con una mano nell'apertura del panciotto, con una espressione di dispetto e di collera sul viso ombreggiato da una barbetta nera, masticava un sigaro, togliendolo talvolta di bocca per spruzzar lontano la saliva.

L'Angiola, come abbiam detto, era una bella donnina in su i venticinque anni; sulla veste, stretta alla vita, che si rigonfiava al seno ed ai fianchi era sovrapposto uno di quei grembiuli bianchi, detti all'educanda, ricordo della vita da lei vissuta nel convitto della scuola normale. Sul canterano, fra un mucchio di libri eleganti e laceri, un vassoio con le tazze e la zuccheriera, e dentro una campana di vetro una statuetta della Immacolata.

— I soliti nervi, non è vero? — disse infine Pietro Calogero, mandando uno schizzo di saliva.

Ella non rispose, continuando ad agucchiare con la testa bassa.

— Oh, infine, vuoi che te la dica chiara? — continuò lui: — di cotesta aria non so proprio che farne. A me non piacciono i musi lunghi. Benedette le contadine! con quelle lì almeno si sta allegri.

Ella, senza alzar gli occhi, gli volse di bieco uno sguardo di disprezzo e rispose:

— Ma chi vi dice di venir qui? andate pure dalle vostre villane: qui se ressemble, s'assemble.

— Oh, oh, col latino ora! Te l'ho detto che a me non piacciono le sputasentenze, te l'ho detto altre volte; le lascio agli imbecilli come tuo marito...

Ella balzò in piedi pallida, tremante.

— Non mi ricordate colui, non mi ricordate colui; siete un vile a parlar così.

E cadde come affranta sulla seggiola.

— Ve' come pigli fuoco! Vile a me, — sclamò lui con un sorriso ironico sulle labbra — a me che lo schiaffeggiai in pubblico e gli sputai in faccia, a quel manutengolo!

— Voi mentite, sì, voi mentite; foste voi che lo denunziaste, voi che ne inventaste tante di calunnie sul conto di quel poveretto, per disonorare me e vendicarvi di lui, il solo che vi facesse paura.

Egli, come impazientito, gonfiava le guance, sbuffava, dimenandosi sul divano.

— Per disonorare te? bella, questa. Tu mi piacesti, io ti piacqui; e se tu non avessi voluto, io, certo, non ti avrei messo il coltello alla gola.

— E le vostre minacce, e le vostre insistenze, e quella tela di inganni, di finzioni onde mi avvolgeste tutta? Fui colpevole, sì, non lo nego, ma voi alla colpa uniste l'infamia. Io era accecata da una passione irresistibile, voi abusaste del mio accecamento che lusingava la vostra vanità; tenero, sottomesso, discreto da prima, man mano che divenivate padrone di me, la vostra tenerezza si mutava in disprezzo, la vostra sottomissione in tirannia. Anzichè custodir gelosamente il segreto della nostra relazione e occultar la vergogna della nostra tresca per salvar il mio nome dall'onta, voi mi incitaste, mi sforzaste a calpestare tutti i riguardi che mi imponeva il mio stato. La donna che ama non deve occultare, se ama davvero, la sua predilezione per lo amante — mi dicevate — quando io vi pregava di non espormi alle ciarle degli amici e dei vicini, quando io, in pubblico, con parole, con sguardi, con sorrisi non lusingava la vostra vanità di uomo. In voi era un calcolo, un calcolo vile, un calcolo infame, del quale, accecata, non mi accorsi. Perdei il pudore di donna e di moglie, affrontai l'onta, il disprezzo, la vergogna, e disonorai mio marito. Oh disgraziata, disgraziata!

Piegò la testa fra le mani e pianse a singhiozzi silenziosi che ne facevano sussultare il bel corpo.

Egli si mordeva i baffi, faceva schioccar le giunture delle dita, sorrideva ironico.

— Dove l'hai letta questa bella cantafera? in quei tuoi libracci, nevvero? — disse lui. — Già tu volevi che ti lasciassi libera di darmi il ben servito a tuo piacere! ma ma verità è questa, che tu sei stanca di me, tu vuoi romperla, ora che il maresciallo ti ronza intorno! Per Gesù Cristo, sappi che il padrone sono io, capisci? che son qui non solo sindaco, ma anche delegato scolastico e, se voglio, posso farti destituire... Non toccare il cane che dorme, sai! Ci è un bel tocco di ragazza che desidera il tuo posto, ed ha certi occhi, certa bocca, certa personcina da far venire il capogiro anche ad un cappone, e se tu mi costringi, vedrai di che son capace.

— Oh l'infame, oh l'infame! — mormorava lei.

— E poi, sì, è vero — continuò lui con un sorriso fatuo di trionfo; — diffidavo di te ed ho voluto comprometterti per non restar corbellato. Non sono un minchione io, oh questo no, credimi. Ci ho certe tue letterine che faranno sbellicar dalle risa i miei amici, son certe frasi tutte zucchero e miele. Oh, è vero?

Ella, umiliata, vilipesa, si torceva le mani, si mordeva le labbra singhiozzando. Pietro Calogero la contemplò per poco in silenzio; poi, non per rimorso, ma perchè voleva farla finita e si seccava di quella scena, si alzò, e, accostandosi a lei le prese il mento per farle alzar la testa.

Ella si faceva scudo con le mani, stirava fremente il corpo per allontanarsi da lui, che le diceva tra l'ironico e l'affettuoso:

— Via, via, facciamo la pace. Sei tu che mi fai dire le brutte parole di testè. Via, su, guardami, torniamo amici.

— No, diceva lei — no, me ne voglio andare, voglio raggiungere mio marito, non voglio vivere più nel peccato.

— Non mi far la bambina, via. Tu sai che di pazienza ne ho poca, e le smorfie mi annoiano presto, cara mia.

— Me la son meritata, sì, me la son meritata, non ho diritto di piangere, non ho diritto di rammaricarmi! Umiliatemi, avvilitemi, calpestatemi, è sempre poco per la mia infamia.

— Bene, ho capito — disse lui — è meglio che me ne vada; dimani ti troverò più assennata, più ragionevole. Buona sera.

E moveva per andarsene. In quella, nel silenzio della notte, rimbombò un picchio sonoro dato alla porta di strada.

Quei due trasalirono; si guardarono perplessi per un istante.

— Chi può essere a quest'ora? — chiese Pietro Calogero. — Aspetti qualcuno? — soggiunse poscia, con voce aspra ed ironica, figgendo gli occhi nell'amante, divenuta bianca in viso.

— Chi volete che aspetti, io?

— Ma a quest'ora chi può essere? Fàtti al balcone e domanda.

Ella, col cuore stretto, aprì le imposte del balcone, sporse fuori la testa e chiese

— Chi è?

— Apri, Angiola: son io — rispose una voce.

— Francesco! è la voce di Francesco — mormorò impallidendo Pietro Calogero.

E tese l'orecchio per ascoltar meglio.

— Chi, voi? — tornò a chiedere Angiola con voce soffocata dallo spavento, chè anche a lei era parso di riconoscere la voce del marito.

— Son Francesco; apri.

Ella retrocesse sbigottita e poco mancò non cadesse.

— Son perduta — mormorò torcendosi le mani.

— E come ha rotto il bando? e perchè ha rotto il bando? — si chiedea con un tremito nella voce Pietro Calogero. — Fa d'uopo che mi nasconda, perchè non abbiano a nascer guai.

Angela, come fulminata, in piedi, nel mezzo della stanza, volgeva gli occhi intorno.

— Presto — diceva lui — presto. Le finestre sono alte. Rischio, saltando, di rompermi il collo. Io mi ci confondo... dove nascondermi al sicuro?

E tremava visibilmente: le parole che uscivano smozzate dalle labbra pallide e livide di paura gli correvano per le membra.

Ella, come scossa da una subita ispirazione, lo afferrò per la mano e si diresse verso la cucina attigua alla sala da letto, mentre rapida e sommessa gli diceva:

— Non ci è che un sol luogo sicuro... il pozzo... è strettissimo: metterete i piedi sul davanzale, il dorso alla parete, sorreggendovi alla catena. Lui sarà stanco; appena addormentato, vi farò uscire.

— Sono inerme, non ho manco il pugnale — balbettava lui — e quello è una tigre.

La seguiva come inebetito. Intanto rimbombò un picchio più forte, più sonoro, che echeggiò sinistro nel silenzio della contrada.

Essa con mano tremante aprì lo sportello del pozzo, il cui condotto saliva lungo il muro fin sopra al secondo piano, egli, nel veder quella bocca nera, indietreggiò sgomentato.

— Presto, presto! ci ucciderebbe se vi scoprisse.

— Ma da qui non udirò quel che voi direte...

— Che importa? Vi libererò a suo tempo... Presto!

Si decise: salì sul parapetto, curvossi, afferrò la catena, e appuntellando i piedi sulla sporgenza interna del davanzale, piegò ad arco la schiena per stringersi al muro. Con la gola stretta, col cuore stretto, balbettava:

— Mandalo presto a letto; qui non potrei regger molto.

Ella smarrita, confusa, chiuse lo sportello: tirò a sè la porta della cucinetta, prese il lume, attraversò la stanza che precedeva quella da letto, e scese la scala; con le ginocchia che le si piegavano tremanti, col volto livido, con la persona scossa da freddi brividi, si accostò alla porta e l'aperse.

— Sei tu, Francesco? sei tu? — balbettò, vedendo il marito, ritto sulla soglia.

Era pallido e aveva gli abiti bruttati di polvere; contemplava senza far motto la moglie che, reggendo con mano tremante il lume, addossata alla porta, ansava con gli occhi bassi.

— Non mi aspettavi, nevvero? — disse poi. — Tu tremi? Ti ho fatto paura? Eri a letto, forse? Non mi dici nulla?

Ella fe' uno sforzo per apparire serena e lieta: gli si gettò al collo e piegò il capo sul petto per celare il turbamento del viso. Egli si lasciò stringere, si lasciò baciare muto, immobile.

— È la sorpresa — balbettava lei — càpiti così, all'improvviso!... Hai rotto il bando... perchè hai rotto il bando?

— Salghiamo, te lo dirò poi; sono stanco; salghiamo.

Ella chiuse la porta, poi si avviò per far lume al marito. Salirono la scaletta, attraversarono l'anticamera e furono nella stanza da letto. Angiola depose il candeliere sul canterano e poi volse uno sguardo rapido alla porta della cucina. Francesco, che l'aveva seguita senza far motto, si lasciò cadere sul divano, nel quale si sdraiò come stanco, mentre ella in piedi si appoggiava al muro per non venir meno.

Ci fu un istante di silenzio; in quella stanzetta, che era stata il nido dei loro dolci e ardenti amori, quei due cuori battevano da spezzarsi, d'odio e di gelosia nell'uno, di sgomento e di rimorso nell'altra. Egli però era riuscito a frenarsi; dal suo volto nulla traspariva della tempesta interna; solo lo sguardo fiammeggiante errava per la stanzetta come in cerca di qualcuno o di qualche cosa.

— Eri sola? — domandò poi, cercando di addolcire l'accento della voce.

— Sì, ero sola — rispose Angiola, attingendo il coraggio nel pericolo. — È una domanda strana che mi fai!

— E la tua è una accoglienza ben più strana! Mi rivedi dopo un anno, affronto per te la prigione, la galera, forse... e mi accogli tremante e te ne stai lì in silenzio!

— Ma... è naturale... sei tornato all'improvviso, di notte... capirai che ci vuole un po' di tempo per rimettermi dalla commozione.

— Ah, avresti voluto che io ti informassi del giorno, dell'ora del mio arrivo; che giungessi di giorno per farmi arrestare dai carabinieri sull'uscio di casa mia!

Ella sentì lo sguardo di lui fisso, minaccioso, che l'avvolgeva tutta.

— E sei giunto ora, proprio ora? — domandò, per rompere quel silenzio che la opprimeva.

Egli esitò.

— Sì, proprio ora: ho camminato da Reggio a qui, dormendo nei campi e nutrendomi di frutta che coglievo lungo la via. Sono stanco, rotto nelle membra, e cado dal sonno.

— Vuoi coricarti? — disse lei, con premura — vuoi coricarti? Discorreremo dimani.

— No, grazie, discorriamo ancora un po'... Che hai? perchè non rimuovi gli occhi dalla cucinetta?

— Io? nulla. Che ti salta in testa? Però, ora che ci penso... tu non puoi restar qui. Dimani le alunne ti vedrebbero e... non saprei come nasconderti a loro...

— Come no? nel pozzo, ove mi nascosi altra volta..... ti ricordi?... per sfuggire ai carabinieri.

Ella trasalì, ma con uno sforzo sovrumano si contenne. Lui non parve accorgersi di nulla e continuò con fare distratto:

— Del resto, hai ragione; è meglio che vada altrove, da mia madre, stasera stessa, non è vero?

Un lampo rapido di gioia le brillò nello sguardo; respirò, e con voce più franca, fattasi più vicina a lui:

— Sì, va' da tua madre: dimani poi parleremo a lungo, dimani vedrai se ho cessato di essere per te amorosa come fui sempre. Ah, sai, dimani ti avrei scritto di voler venir teco, in Sicilia. Non voglio restar più lontana da te; voglio essere la tua sposa, il tuo conforto, la tua gioia. Vedrai che bella vita che vivremo insieme, vedrai. Sì, va' da tua madre: hai bisogno di cibo, hai bisogno di riposo; qui non ho nulla.

Lo aveva preso per la mano e cercava di farlo alzare in piedi. Egli non si moveva, anzi, come stanco, si sdraiava vieppiù sul divano. Infine le disse:

— Verrai anche tu... chiuderemo a chiave la porta.

Ella esitava confusa, torcendosi le mani con impazienza.

— No, va' tu solo; tua madre non so che abbia meco. Chi sa quante calunnie ti avrà scritto sul mio conto e quante te ne dirà... Ma io ho la coscienza tranquilla... Eppoi, non avrei dove dormire... va' tu solo.

Lui l'ascoltava con le labbra contorte da un ghigno; lo sguardo che errava per la stanza si fissò alla porta della cucina. Restò per poco immobile, come se gli fosse subitamente balenato un pensiero.

— Dunque andrò solo — disse poi, alzandosi.

Prese il lume dal canterano e si diresse verso la cucina.

Ella diè un grido.

— Non di qua, no, non di qua.

Ma egli aveva aperta la porta; alzò il lume e guardò intorno.

— Nessuno — mormorò fra i denti — nessuno.

Poi, voltosi alla moglie che ansava appoggiata ad un bracciuolo del divano

— È meglio che io resti quì ancora un poco; me ne andrò dimani all'alba.

E si sdraiò di nuovo sul divano; ella si fece animo, respirò rassicurata e gli sedè vicino.

— Dunque mi seguirai in Sicilia?

— Sì, quando vuoi, dimani stesso. Credimi, ne ho abbastanza di questa vita. Ho qualche torto con te, sì, è vero, ma vorrò ripararli tutti. Non avrei dovuto farti partir solo, lo confesso; ma come avresti vissuto tu, con una donna, in paesi lontani, senza danaro, senza casa? Io qui guadagnavo qualcosa, e all'occorrenza avrei potuto soccorrerti. Feci male, forse, ma a fin di bene. Ora ho deciso, verrò teco. Mi vuoi? Vedrai come sarò buona, vedrai come mi farò perdonare i piccoli torti del passato. Ti amerò di più, ti amerò assai assai, per compensarti di quest'anno di separazione e di angoscia. Voglio soffrir teco, voglio gioir teco, voglio esser tutta tua... Parlami, rispondimi, dimmi che mi perdonerai, che sarai per me quel che fosti sempre. Francesco, Francesco mio!

S'inteneriva alle stesse sue parole, dette con accento di passione vera: gli accarezzava i capelli, lo baciava in fronte, cercava di fargli voltar la testa per guardarlo negli occhi.

— Che cosa è questo? — domandò lui, alzandosi a sedere e mostrandole una frusta da cavallerizzo, che, brancicando pel divano, aveva trovato nel vuoto fra lo schinale e l'imbottitura.

Ella impallidì, balbettò tremante, con gli occhi fisi nella frusta:

— Che so io? che so?

— O che vai a cavallo, forse?

E la guardò con uno sguardo lungo, acuto, sfavillante, che le fece correre i brividi per la persona e volger gli occhi alla cucina. Egli se ne accorse: stette un po' pensoso, poi trasalì, ed ebbe negli occhi un lampo feroce di gioia.

Si sdraiò di nuovo, percotendo con la frusta a piccoli colpi lo schinale del divano. Poi con voce tranquilla:

— Dammi un bicchier d'acqua — disse.

Ella si alzò e corse alla bottiglia che era sul canterano.

— No, non di quella; sarà calda. Pigliala fresca dal pozzo.

— Son perduta! — mormorò lei cadendo a sedere con le ginocchia rotte e il seno ansante.

— Non vuoi? Andrò io.

E si alzò. Ella corse a lui, lo afferrò per le braccia, lo scosse. gli si avviticchiò alla persona, mormorando con voce rotta come un rantolo:

— No, no, no!

Era bellissima in quello smarrimento: i capelli lunghi e pastosi, disciolti, le ondeggiavano per le spalle; la bella testa riversa era accesa pel terrore, e gli occhi di una lucidezza febbrile brillavano nel velo delle lagrime, mentre ansante il seno le si rigonfiava fra il corpetto scomposto.

Egli si sciolse con forza, ma senza far motto: solo lo sguardo gli luceva sinistro e un ghigno ne torceva le labbra. Diè una spinta alla donna, che cadde, ma gli si afferrò alle ginocchia lasciandosi trascinare da lui. Egli fe' un ultimo sforzo: con un atto di rabbia ed una sorda bestemmia le calpestò una mano.

Ella diè un grido e lo lasciò; lui precipitossi nella cucinetta. Si udì cigolare sui cardini lo sportello del pozzo; poi un grido, una bestemmia, parole rotte; si udì il rumore sordo di una lotta con gridi soffocati, uno stridor sordo di catene, un urlo acuto e lugubre, indi un cupo tonfo.

Livido, feroce, come lupo in caccia, con gli occhi accesi, Francesco comparve sull'uscio:

— La secchia è caduta, — disse.

Si diresse verso la porta ed uscì.

Ella restò là, svenuta, distesa sul pavimento sotto la mite e bianca luce del candeliere.